TAKE
SHOBO

東京ヴァンパイア狂詩曲《ラプソディ》

芳香の乙女は腹ぺこ吸血鬼の胃袋と愛を満たす!?

竹輪

ILLUSTRATION
neco

JN053565

蜜夢
MITSU
YUME

CONTENTS

MITSU YUME

イラスト／neco

東京ヴァンパイア狂詩曲《ラプソディ》

芳香の乙女は腹ぺこ吸血鬼の胃袋と愛を満たす!?

一章

実は彼氏にプロポーズされました

「ええー、だるーい」

給湯室で小さく悪態をつく恵恋奈《えれな》にため息をつきたくなる。絶対、私に聞こえるように言ってる。

「……でも、スイッチ押すだけだから」

「これって、私がしないといけない仕事ですか？　デザインしに会社入ったんですよ？　私、デザイナーですよ？　事務の仕事じゃないですか？」

「そうは言うけど、ここの給湯室のコーヒーを飲むのはデザイン室の人でしょ？　コーヒーメーカーだってここに置いてあるんだし、恵恋奈ちゃんだって飲むよね？　ささっと洗ってセットするだけだから」

「私ー、紅茶派なんでぇ～」

「そんなに嫌なの？　でも昨日飲んでたよね」

「……」

「芳野《よしの》、お疲れ〜。コーヒーもらっていい？　なに、なんか揉《も》めてんの？」

「あ、いや、恵恋奈ちゃんに朝のコーヒーのセット、引き継ぎしようと思ったんだけど……」

「やりますから‼」

　突然大声で恵恋奈が遮った。

「え」

「葛城《かつらぎ》さん、コーヒー派なんですかぁ？　私もなんですぅ。これからは毎日、恵恋奈がいれちゃいますすね。すぐセットしま〜す」

「おう、サンキュッ」

　同期の葛城のさり気ないフォローに泣きたくなる。はあ。さっきまで紅茶派とか言ってたくせに現金だな。


　今年、八年ぶりにデザイン室に新入社員が一人入った。社長の娘という立派な縁故入社である。うちの会社はタオル生地を使った雑貨の卸売りの会社だ。主にブランドもののスリッパや寝具、タオルやハンカチなどを小売店に卸している。このご時世、個性もないと頭打ちになるということで、八年前にデザイン室を設立。百貨店のオリジナルや、提携しているブランド製品とのコラボ企画などを提案していて、デザイン室はスターティングメンバーで細々と頑張っていた。

デザイン室のメンバーは四名。室長と葛城、私、そして新人の鈴木《すずき》恵恋奈である。デザイン系の人間は毛色の変わった人物が多い。好きなことになりふり構わず突き進む人が多く、他人に関心が薄い傾向にある。そんなデザイン系とは違い恵恋奈はガチの肉食系女子。中性的イケメンの葛城がお気に入りの彼女は女子大の人間栄養学部を卒業している。なんでだ。なんでデザイン室にきた……。

給湯室から恵恋奈を連れてデザイン室に戻ると、私に恵恋奈を押しつけた室長に目を逸らされた。くそう、呪ってやる。面倒事押しつけて。

「俺、ちょっと店の方回ってきます」

「え、あ！　私も行きます！」

葛城が動くと恵恋奈が動く。

「恵恋奈ちゃんは名刺ができてからね」

「……芳野さん、意地悪ですぅ」

誰が意地悪だ。なんで葛城について行こうとするのよ。訳がわからない。大体、社長を含めて専務も常務もみんな鈴木だから〝恵恋奈ちゃん〟と下の名前で呼ぶって、いくら何でも社会人としてどうなのよ。さすがに社外では呼ばないけど。

「とりあえずパソコンの使い方教えるから」

「はーい」

パソコンで恵恋奈を遊ばせておいて自分の仕事をこなしていると、お昼に社長が専務と一緒にやってきた。どうやら娘が気になるらしい。

「恵恋奈、頑張ってるか？　昼飯行くぞ」

「パパ！　正信《まさのぶ》叔父さんも！」

「芳野君もどうだ？　ハンバーグのうまい店があるんだ」

「すみません。私はお肉を食べられないので」

「あ、そうか。君はベジタリアンだったな。室長はどうだ？」

「私は愛妻弁当です」

「残念だな」

全然残念そうでない三人は、そう言って部屋を出て行った。楽しそうで何よりです。

「室長、私も今日は外で食べます」

「おお。葛城も食べて戻るだろうし……机で食べよ」

室長がそそくさとお弁当を出すのを見て、スティックのお茶を置いてあげた。狸《たぬき》腹の室長は奥さんにダイエットしないと離婚だと脅されている。

「芳野、結婚したら会社辞めるとか言わないよな？」

室長の隣を通り過ぎようとすると声をかけられた。

「彼は辞めて欲しいって言ってるんですけどね」

「芳野が抜けるかもしれないから一人欲しいって言ったんだけどなぁ。アレ、モノになんのかなぁ」

「知りませんよ。私に押しつけるの、やめてくださいよ」

後ろから室長のため息が聞こえた。日ごろから面倒事を押しつけてくるので、後のことなんて知らない、というのが本音。

社長の娘が鬱陶しいのも。

休みが少ないのに給料低いのも。

すべてが水に流せるほど、どうでもよく感じる。

今の私に怖いものはない。

それもこれも、なんと三カ月前にゲットした彼氏がプロポーズしてくれたから！

何ならいつでも辞めてやる。私は強気なのだ。

彼の名は大森賢人《おおもりけんと》。

私と同じ二十八歳。これが結構イケメン。しかも税理士。安定収入。取引先の女の子が開いてくれた合コンで知り合った。お互いアラサーで、最初から結婚はある程度意識していたから話はとんとん拍子で進んでいった。

――結婚しよう。一花《いちか》。今週末、君を抱きたい。

きゃーっ!!　あんなにストレートに言われるとは思わなかった。けれど、二十八歳にもなって「セックスは結婚する人とだけ」なんて言ってる、蜘蛛《くも》の巣張っていそうな処女とするにはそう言うしかなかったのかもしれない。歴代の彼氏には体を許さなかったことで振られたので、賢人がどんなに誠実かわかるだろう。週末には、いよいよお泊りデート。賢人が海辺のホテルを予約してくれていた。私にはもったいない彼氏だ。

下着とか、やっぱり新調するべきだよね。白……ピンクとか？　黒は上級者向きの気がするし。黄緑とかは違う気がする。帰りに駅ビルに寄ろうかな。

いつもの自然食品のお店に入ると、席に着いてランチプレートを注文した。専務は私のことをベジタリアンと言ったが正式にはビーガンになる。母がビーガンだったので私は肉、魚、卵、乳製品、蜂蜜を生まれた時から取っていない。不思議なもので母が亡くなった後も長女の私だけそれらを受けつけなくて匂いで拒絶してしまう。出汁の鰹節でさえ嫌なのだから、今では家族に逆に嫌がられている始末だ。まあ、父は母につき合っていただけで元々ビーガンではないし、妹と弟はまだ小さかったのでビーガン食以外に早く慣れることができたのかもしれない。私だけがなんだかメンドクサイことになっているが、仕方がない。

「お待たせしました」

ランチプレートが目の前に置かれる。今日はデザートにココナッツミルクでできたプリン（もちろん植物由来）もついていた。ここで食べる以外は完全に自炊なので、たまの気晴らしにもなる。この店の玄米は美味しくて気に入っている。大豆ミートの炒《いた》め物を食べて無農薬野菜を堪能する。ちゃんと塩麹《しおこうじ》で下味がつけられていて美味しい。妹の桜《さくら》は『お肉を食べないと死ぬ！』とかいうけど、死ぬわけないのは私が体現している。

その時ピコン、と賢人からメッセージが入った。

『今日は麻婆豆腐です』

続けて美味しそうな写真が送られてくる。

美味しそう！　と猫のスタンプで返してニヤニヤ画面を見つめた。

さあて、午後からの仕事も頑張るか。

賢人は、食事についてはお互い妥協点を見つけようと言ってくれた。彼はビーガンではないけれど自然食には理解がある。彼の希望は奥さんが専業主婦で家を守ることなので、食事に手間をかけることもできるだろう。

結局下着は無難に白のレースにした。

＊　＊　＊

「ただいまー」

夕飯の食材を買って家に帰ると、妹の桜がテレビを見ながらリビングのソファを占領していた。

「ねえねえ、この人気アナウンサーの名前、吉井一花《よしいいちか》だよ。同じような名前でもお姉ちゃんとは大違いだよね～。今度写真集も出すんだって！　しかもつき合ってる彼、ちょーセレブな大富豪、ヴァンパイアらしい！　あ！　写真出た！　わあ！　金髪の赤眼って王子様みたーい！　ものすごいイケメン！　あー私もセレブとおつき合いしたいなぁ～。ヴァンパイアなら将来ウハウハじゃーん」

「……どうでもいいけど、ご飯炊いておいてって言ったよね？」

「あー。私、友達と外で食べたから夕飯いらない」

「はあ？　ちょっと、また無駄使いして！」

「奢《おご》りだからいいでしょ⁉　うっさいなー」

「どっちにしろ、家でゴロゴロしてるんだから炊いてくれてもいいのに」

はあ。もう会社でも家でもこんなのばっかり。最近の若い子はー、なんて言いたくないけど、ほんとにもう、なんなの……。

「イギリス人なのに日本語ぺらぺらかぁ。かっこいいー。大富豪ってお城もってんのかなぁ。はあ。こんなビンボーな暮らしとは無縁だろーなー。どっかで見初めてもらえないかなー」

夢見がちな桜がまだそんなことを言っている。吸血族とつき合う⁉　はっ！　こんな庶民とつき合うわけがないではないか。桜にはいい加減現実を見て欲しい。

人口の一パーセントくらいに吸血族――ヴァンパイアという人種がいる。彼らは特別な血統で恐ろしく頭がよく、身体能力にも優れ、丈夫な体を持つらしい。そのため、政治家、社長、実業家など国を動かすような権力者は、大抵吸血族であることが多い。ヴァンパイアに生まれると、間違いなくエリートになると言っても過言ではない。しかし『ヴァンパイア』と言われているように、彼らはその身に他の人間の血を入れないと力を発揮できないらしい。普通は代々血を供給している一族から血の提供をうける。ヴァンパイアは血を確保できるし、提供者は莫大《ばくだい》な報酬を得てウハウハ生活ができる。お互いｗｉｎ－ｗｉｎである。ちなみに彼らは能力を伸ばすために血液を摂取するだけで食事にはしていない。ゆえに『吸血鬼』と呼ばれることを好まない。

とまあ、一般的に言われているのはこんな情報で、ヴァンパイアと庶民のカップルはよくドラマのシンデレラストーリーの題材にされるので憧れる人も多い。何しろヴァンパイアは恐ろしいほどの美貌ばかりらしいし、うちみたいな貧乏人には遙《はる》か遠い世界の人種なのである。憧れるのは勝手だが、いくら桜がちょっとばかし可愛かろうとお知り合いになるのも無理だろう。

「そんなことより、桜、大学の学費の振り込みしたの？　自分でするって言ったんだからちゃんとしてよ」

「わーかってるってぇ。明日行くから」

「お父さんが必死に捻出してくれた学費なんだからね⁉　ちゃんと勉強するのよ！」

「あのさぁ。私があの短大にしたのは人脈作るためなんだから！　ほら、お金持ちのお嬢様ばっかじゃん。コネで玉の輿《こし》！　ヴァンパイアと結婚できたら、お姉ちゃんにもちょっとだけいい思いさせてあげてもいいよ？」

ちょっとだけなのかよ。

私が社割で買ってあげた、モコモコの短パンから足をぶらぶら出して桜が言う。生意気ばっかり言うけど可愛い妹だ。桜は私に対して常に攻撃的である。反抗期か。こんなに面倒見てやってるのに、仕方ないなぁ。


母が亡くなったのは十年前、桜が八歳、弟の向日翔《ひなと》が十二歳、私が十八歳の時だった。母をどうにかして長らえさせたかった父は、色々と模索した。その時に入院費や先進医療費、最期の一カ月の個室代などが地味にかさんだ。先月やっと払い終わったが、家に借金があったのはそのせいだ。


――子どもたちを残して逝きたくない。桜なんてまだ小学生なのに……。

いつも笑っていた母が、陰で密かに泣いていたことを私と向日翔は知っていた。口には出さなかったけれど桜を守っていこうと決めたのは確かだった。それが桜を我儘《わがまま》にしてしまったのかもしれない。

でも、もう桜も四月からは大学生だし、向日翔も就職が決まった。今は名古屋出張ばかりの父も、もう少ししたら都内担当に戻れるだろう。家の借金も返し終わったし、私も肩の荷が下りて気兼ねなく嫁にいける。

「ただいまー」

「あ、向日翔。ご飯炊けてないからちょっと待って」

「えー。またかよ！　桜、お前いい加減にしろよ」

「お姉ちゃんがつくる辛気臭い料理、嫌なんだもん」

「俺たちの分は肉だってつけてくれるだろ？　大体米炊くこととは関係ないし。家にいるんだから、それくらいはしろよ。そんなだからバイトもろくに続かないんだよ」

「黙れ、ひーくん！　私は素敵な旦那様見つけて仕事なんてしないんだから」

「俺だったらこんな自堕落な女は願い下げだね。一花姉ちゃんのが百倍いいわ！」

「うるさい！　なによ！　お姉ちゃんばっかり贔屓《ひいき》するんだから！」

「事実を言ったまでだろ？」

「もう、二人ともやめなさい！　桜！　クッション投げないの！」

「黙れ！　年増！」

と、年増……。あんまりの言葉に絶句だわよ。

「はいはい、その年増もしばらくしたら、この家出て行くから。ちゃんと自分のことは自分でできるようになろうね」

「えっ？」

二人がポカンと口をそろえた。

「実は彼氏にプロポーズされました～」

じゃ、じゃーん、と発表すると二人とも驚いていた。

「えーっ!!　お姉ちゃん、彼氏いたの⁉」

「いたんだなぁ、これが。お父さんが出張から帰ってきたら、挨拶にきてくれるからよろしくね」

「え、一花姉ちゃん……」

「ふーん……」

焦る向日翔と面白くなさそうな桜の顔を見て、ふふーん、弟たちよ、お姉ちゃんがいなくなったら寂しいだろう、とか思っていた。

今後起きる大波乱も予測できずに……。

トラブル発生！　その処女膜に待ったがかかる

向日翔にご飯を食べさせて、お風呂に入ってから自室に籠った。ベッドに顔を埋めて週末のデートを想像しながら身もだえる。

ああ、ついに私も人並みに大人の仲間入り。この場合、コンドームって私が用意するのかな？　普通のホテルには置いてないよね。いや、でもそれ、聞ける？　賢人は初めてじゃないんだろうから、わかってるよね。うん、任せよう。自分の手をスウェットに潜り込ませてそっとショーツの中の割れ目をなぞる。

ここに、入っちゃう？

男の人を受け入れるって気持ちいいのかな。ビデオとか、すっごい喘《あえ》いでるよね。初めては痛いっていうけど、どうなのかな。出血するってホントかな。処女だって言ってるのに血が出なかったらどうしよう。入り口にあるクリトリスは感じるし、時々一人ですることもある。でもここに出し入れして気持ちいいのかな。指を突っこんだことで処女膜が破れたらと思うと、怖くて入り口付近しか入れたことがない。未知の世界だ。

ピコン。

スマホの通知音で慌ててショーツから手を引き抜いた。画面を見ると賢人で、夕飯の写メが添えられていた。トマトカレーとサラダ。九時か。仕事が忙しいのかな。

美味しそう！　というコメントをスタンプと一緒に送っておく。賢人は遅くまで仕事だというのに、一人エッチしようとしていたなんて罪悪感半端ない。案の定、今日は忙しくて電話できなくてごめん、とつけ加えられていた。それには悲しそうなスタンプと頑張って！　のスタンプを送っておいた。

はあ～。会いたいなぁ。

賢人を思い浮かべる。短く清潔感のある黒髪で真面目そうなイケメンだ。コンパでも一番人気だったし、これまでもモテてきたはず。彼女もいたって聞いたこともあるし、セックス上手いのかな。うーん。比べようがないから優しくしてくれたらいいか。

結局、興奮して一人エッチして寝た。バイバイ、私の処女膜。今までお疲れさまでした。私は週末のめくるめく夜を思い描いていた。

＊＊＊

デザイン室のメンバーは外に食べに行ったので、その日のお昼は机でお手製の弁当を広げていた。私は今週末のことで頭がいっぱいで気もそぞろだ。

ピコン、とSNSの通知音が鳴って、慌てて画面をのぞき込む。賢人のお昼ご飯速報だと思ったのに桜からだった。がっかりして文字を目で追うと、恐ろしい文章に息をのむ。

──来週の月曜日までに前期の大学の授業料振り込みよろしくー！

え⁉　どういうこと？　お金は？　ちゃんと渡したよね？　焦って即通話ボタンを押した。

「桜⁉　どういうこと？　渡したお金は？」

『ああ。お姉ちゃん？　ちょっと友達と卒業旅行に行くことになったから、使っちゃったの。欲しいバッグもあったたし』

「何してるのよ！　うち、お金ないの知ってるよね？」

『えー。お姉ちゃん、貯めこんでるんでしょ？』

「ないよ！　貯金なんて！　ない！　お父さんがせっかく工面してくれたお金なのに！」

『もー。そんなの、なんとかしてよぉ。貧乏くさい！　旅行のお土産は買ってきてあげるからさ！　明日の午前中までなんで、振り込みよろしく〜。私これから飛行機乗るから』

「嘘《うそ》⁉　どういうこと？」

『グアムでーす！　じゃあね〜。電源落としまーす！』

　通話が切れて慌てて送信したメッセージも未読のままだ。奨学金を借りようと言ったのに、父が工面するからと用意してくれたお金だった。短期大学だし、後は桜だけだからと、入学金も私の貯金から出した。弟の向日翔は自分で奨学金を借りて通ったのに、桜はバイトもろくに続かないし……。

　泣きそうな気分で通帳の残高を確認する。父の名義の通帳には何度見ても五万くらいしかない。定期を解約すれば数十万はあるはずだけど、本人じゃないと解約できないだろう。私の通帳の数字もひどいもので十万もなかった。何に使ったっけ、と思い浮かべて、そういえば向日翔の就活用のリクルートスーツを一式買ったことを思い出した。

　はあ。これはちょっとまずい。先月給湯器が壊れたことも大きい。あれがなければここまで困窮しなかったのに。

　はあ、ともう一度息を吐いてから父に電話を入れることにした。

「あ、お父さん？　話が……えっ⁉　そうなの？　……大丈夫なの？　……うん。……そう。え？　ああ。いや、大した用事じゃなかったから。うん。行かなくてもいい？　……うん。じゃあ、また電話する」

名古屋出張中の父は、足の小指を骨折して病院にいた。駐車場での事故で念のために週末は入院するらしい。なんで小指ぃぃ⁉　困った。そんな父に金策を頼めない。

向日翔もバイト代を家に入れてくれているから、お金を持っているわけないし。仕方ない、大学に電話して支払い期限を延期してもらおうか。そんなのできるのかな。

それにしても……。私に簡単にお金を手に入れる方法があることを、桜はきっと薄々感づいていたに違いない。だから私が貯めこんでいる、なんて言ったのだ。

桜の大バカ者。

週末、賢人との約束を果たせそうもなくなった私は、深くため息をついた。

またあれをするしかないのか。

賢人と結婚することを決めて、もうやめると決意したのに。どれだけついたかわからないため息をまたついて、私は終業後に予約を入れるため、ある施設に電話をかけた。そこは特別な施設で日曜日しか開いていない。

みんなが羨む超エリートのヴァンパイアだが、必ずしも血の提供者を持っているわけではない。血の提供者がいないヴァンパイアはどこかで血液を調達しないといけないし、そもそも提供者を一人に絞らず、色々試すヴァンパイアもいる。そこで、表向きは献血施設を装っているが、裏で吸血族に血を売る組織がある。そこは普通の献血と違って血の提供者に条件がある。まず、ビーガンであることが前提。女性であること。そしてもっとも重要なのは処女であることだ。十八の時に母が亡くなって生活が困窮した時、母の知り合いのビーガンにこっそりと教えてもらった。もしかしたら母も昔は血を売っていたのかもしれない。

こんなことのために処女でいるのが情けない。が、助かっているのも事実だった。

処女でいるために、今まで三人ほど彼氏に振られてしまった。まあセックスできないからって、振る方も振る方だと思ったたし、100ミリリットルの提供で十万になるのだからやめられなかった。血液提供だけで暮らしている人だっているくらいだから、こんなに美味しいバイトはない。これが専属のヴァンパイアをもつ人間なら、どんな贅沢《ぜいたく》もできるんだろうけど、そんな人は特別なのだろう、ヴァンパイアにつてもなければ会ったことすらない。

ああ。賢人になんて言い訳しよう。日曜日に用事ができたって？　はあ。とにかくホテルはキャンセルしてもらわないと。確か前日でなければキャンセル料はかからないはず……。

仕方ない。父の骨折を使わせてもらおう。重い気持ちで賢人に連絡を入れた。

『え。お父さん、大丈夫なの？　……わかった。とにかくキャンセルしとくよ。デートもキャンセルだね……』

「ごめんね。心から賢人に会えるのを楽しみにしてたの！」

『仕方ないよ。俺も会いたかったし、残念だけど』

「今度必ず……埋め合わせする」

そう言って通話を切る。次は海辺のホテルなんて言わない。その辺のラブホでいい。だから賢人、ごめんね。

桜め。帰ってきたら許さないんだから。今回ばかりはお金もどうにかバイトさせて返してもらう。そう心に決めて週末のデートをキャンセルした私は、仕方なく家でゴロゴロすることになった。


「あれ⁉　姉ちゃん、お泊りデートじゃなかったの？」

土曜日に応接間のオンボロソファの上でゴロゴロする私を見て、向日翔が化け物でも見たかのような顔をしていた。

「……キャンセルした」

「え、なんで？　賢人さんと脱処女だって、息巻いてたじゃん」

「……桜が学費使い込んで海外旅行に行った」

「ええ！　嘘！　あのバカ！　もしかして姉ちゃん、血を売るためにデート断ったのか？」

「うん」

「はあ。大学の学費は手続きしたら、待ってもらえるんじゃない？」

「もちろんそうしたけど。でも、どうせお金はいるじゃん。今回ばかりは桜に返してもらう」

「あいつが働けるとは思えないけど」

「……だよねぇ」

「だから奨学金にしろって、言ったのに。親父はなんて言ってるの？」

「それが、名古屋で足の小指を骨折して入院してる。相手の保険が下りるみたいだからお金の心配はない」

「はあ⁉　もう、こんな時に。……姉ちゃん、ごめんな。俺、来月からは正社員だし、血を売るのはほんとにもう辞めていい。仕事も頑張るから」

「桜がもうちょっと、なんとかなってくれたらねぇ……」

「金持ちが行くような短大に決めるから見栄張ることになるんだよ。あいつ、ほんとバカ！　ちょっとは一花姉ちゃんの苦労も知ればいいのに！　誰のおかげで進学できたと思ってるんだか！　――やっぱり桜にも借金があったこと言ってもいいんじゃない？　十八にもなるんだしさ」

「先月で借金も片づいたからもう今更だよ。血を売るのもこれで最後にする」

＊＊＊

日曜日、どこもかしこも真っ白で、ピカピカに磨き上げられた廊下を進む。人一人通ることのできる狭い廊下は圧迫感があり、ただならぬ雰囲気がある。その建物はパッと見ただけでは入口がどこにあるのかわからない。入りにくくしているのは、表立った機関じゃないからだ。

受付でカードを出す。特別な審査を受けた者だけがこれを持てる。

「指定された条件に変更はございませんか？」

窓口で機械の録音かと思えるような女の人の声に聞かれる。どうせ血を抜く時に少量検査されるのだが、一応窓口でも確認するのだろう。簡単に言えば肉や卵を食べてないだろうな？　セックスしてないだろうな？　ってことなんだろうけど、実にまろやかに聞いてくれる。

「大丈夫です」

そう答えると次の部屋に通される。

真っ白い部屋に通されて、真っ白い椅子に座る。手順はわかっているので器具に腕を置いて縛りやすいように服をまくった。

「どのくらい提供されますか？」

「３００ミリリットルでお願いします」

白衣にマスクをつけた人が用紙に何か書き込むと注射器を用意する。提供は月に一回限り、３００ミリリットルまでと決まっている。つまり月額三十万以上の稼ぎにはならないのだ。けれども会社の月給が専門職待遇で二十数万。もろもろ引かれて手取り十六万弱の私からすると働くのがあほらしくなるバイトである。

いつまでもこんなことをして婚期を逃し続けてはいけないと思いつつ、気づけば二十八歳。結局、毎月の副収入の誘惑に負けてしまっていた。十八歳の時にこのアルバイトを知ってから毎月続け、もう十年だ。いい加減やめると決めて賢人と約束したのに。

今日と来月に三十万ずつ。これでなんとか桜の授業料は賄えるだろう。来月は賢人に週末生理がきたと言って諦めてもらうしかない。

はあ、サイテー。

絶対これが終わったらすぐに処女を捨ててやる。

そう固く誓って私の血を吸い取っていく管をじっと眺めた。

私にとっては青天の霹靂《へきれき》

封筒に入った三十万と野菜ジュースのパックを受け取って、施設を出る。外は眩《まぶ》しいほどの晴天だった。

そのまま近くの公園でジュースを飲もうと歩いていると、後ろから声をかけられた。

「すみません、あの……」

振り向くとぼさぼさの黒髪で眼鏡をかけた男の子が立っていた。日向翔と同じくらいの歳だろうか。というか背は高いけどひどくやせ細っている。大学生か、もしかしたら高校生？　こんないい天気なのに暗い色のコートを着て、なんかもう見ていられない感じだ。

「何でしょう？」

「あの、その……」

棒のように細いその子は声もか細い。こんな暖かい日に長袖なのは貧相な体を隠しているからだろうか。虐待？　でもそれにしては服もバッグも上等そうなものを身に着けている。思わず身構えたけど、どう見ても私の方が強そうだった。

「道に迷った？」

そう聞いてみると、男の子の体がふらりと前に倒れた。

「ちょ、ちょっと！　大丈夫？」

この日差しが強い中、ずっと立っていたんだろうか。暗い色の服が熱を吸ったのか体が熱い。慌てて支えて近くのベンチに座らせる。木陰のベンチが空いていてよかった。脇に触れると骨の感触が服の上からでもわかるほどに痩せていた。顔も青白い……。

「お水、飲む？」

まだ封を切っていない水のペットボトルを差し出すと、下を向いていた男の子がこくりと頷《うなず》いた。

「すみません。あなたから、いい匂いがしたものですから」

水を飲んで、一息ついたらしい男の子はそう言った。

いい匂い？

「もしかしてお腹が空いてるの？」

でないとこんなにやせ細っているわけがない。

「気持ち悪いかもしれませんけど、あの施設からあなたが出てくるのを見かけて、つけてきたんです。その、僕、動物性の食事が受けつけられないのですが……」

「え、もしかして、あなた、ビーガンなの？」

「ダメなんです、匂いとか。みんな、僕に食べさせようとはしてくれるんですけど」

「そうなんだ……私も肉とか魚とか卵とか匂いだけでもダメだから」

私の場合、志《こころざし》があってのビーガンではない。ただ単にビーガンだった母に育てられただけだ。元々の体質に合っていたのかはわからないけれど、とにかく動物性のものを体が受けつけない。こっそり肉や魚を父と食べていた弟たちと違って、私は匂いも受けつけないから学校時代は苦労をした。給食もほとんどのものが食べられなくて、母の手作り弁当を持って行っていたのを覚えている。私は母がビーガンだったから恵まれていたけど、普通の家庭に生まれて、匂いなどを受けつけることができなかったら、それはきっととても不幸だろう。

この子はあそこの施設にくるのがビーガンだって知っていたのだろう。やせ細った男の子を見ると、とても気の毒に思えた。

「あのね、自炊は大変だけど覚えてしまえば色々食べられるものも増えるよ。よかったら、これ食べてみて」

そう言って私は鞄《かばん》から、自分用に用意していたお弁当を出した。お弁当箱が開くのを見る彼の喉仏が、ゴクリと動くのが見えた。

「これ……嫌な匂いが一つもしない。お、美味しそうだ」

クンクンとお弁当の匂いを嗅いで彼はそう言った。普通なら張り倒すほどの失礼極まりない行為だが、彼が必死すぎてそんなことすら不憫《ふびん》に思えた。

「食べていいよ」

そう言うと、彼は私の少し短いお箸でお弁当をガツガツと食べた。あまりに掻《か》っ込むのでむせている。こんなに食べられるなら大丈夫だよね。

「ほら、お水」

隣に座って、パックの野菜ジュースを飲みながら世話を焼いた。よほど飢えていたようだ。彼が食べ終わると、お弁当箱は舐《な》めたかのようにピカピカになっていた。私の作った弁当をこんなに喜んで食べる人は初めてだった。

「ご、ごちそうさまでした。こんなに美味しい食事、生まれて初めてです」

「そ、そんな大げさな……」

背がある分余計に頼りない、風が吹けば飛んで行きそうな体を丸めて頭を下げられた。

男の子だと、あまりキッチンにも立たないのかもしれないしな。そもそもキッチンの匂いもダメなのかも。

「あの駅前のビル、見える？」

「はい」

「あそこに自然食品の販売とカフェをやっているお店があって、そこのランチプレートは食べられるんじゃないかな。ビーガンだっていえばちゃんと対応してくれるから」

言って、ハッとした。この子に外食を続けられる経済力はあるのだろうか。貧乏そうな感じには見えないけれど学生だろうし毎日三食というと大変だ。

「料理のレシピとか、お勧めの本とか教えてあげようか？」

「本当ですか？」

よほど嬉《うれ》しかったのだろう。ガバリと骨ばった両手で手を握られた。この子には、私が救世主に見えているのかもしれない。見知らぬビーガン志向の人に声をかけないといけないほどに、追い詰められていたんだ。

連絡先を交換する時に、お互い名前も知らなかったことに気づいた。

「僕は瑞喜《みずき》＝アンダーソンと言います。二十歳です」

「私は芳野一花。歳は……まあ、いいよね。よろしくね」

二十歳と聞いて自分の歳を言えないのがもう、ね。よく見ると分厚い眼鏡の奥の瑞喜の目は青い。名前といい、ハーフかな。なんか髪もぱさぱさだしガリガリだけど……。

「ありがとうございます」と繰り返す彼に見送られながら、手を振って別れた。

とりあえず、その日の晩は瑞喜に野菜出汁の取り方をSNSで送っておいた。

＊　＊　＊

『今日も会えないの？』

『ごめんなさい、父の様子を見に行かないといけなくて』

足の小指の骨折だから、すでに父は家に帰ってきているが、来月あと三十万を手にするまではのらりくらりと賢人の誘いを断らなければならなかった。くそぅ。あれから帰国した桜は私の苦労を屁とも思わず、訳のわからないお菓子の箱を投げてよこした。さすがに父が大激怒。桜は残りの春休み中バイトをして私にお金を返すことになった。

ピコン。

あ、瑞喜だ。

あれから瑞喜には簡単なレシピをいくつか送ってあげていた。けれど自炊したことがないうえに、彼は他の家族の匂いもダメで一人暮らししているらしい。

『調理道具、一緒に見てもらえませんか？』

賢人とのデートを断ってしまったから、他の人と出かけるのは気が引ける。でも瑞喜にとって自炊は死活問題だろう……。少し考えてからオッケーのスタンプを送って、ホームセンターで待ち合わせすることにした。

お店の入り口で瑞喜がちょこんと待っている。また暗い色の服を着ていた。

「瑞喜！」

「一花さん！」

私の姿を声でたどって、瑞喜がこちらを向いた。前髪も鬱陶しいが、眼鏡も分厚くて野暮ったい。二十歳なんだから、もうちょっと明るい感じにすればいいのに。

「瑞喜って目が悪いの？」

「近眼で……」

「ちょっと貸してみて」

「眼鏡ですか？　はい」

「うわっ、こりゃすごい」

度がきつくて、眼鏡を覗《のぞ》いただけでクラクラした。何もかもに栄養が足りてないんじゃないだろうか。眼鏡を返して瑞喜を見ると、彼は私を見てニコニコしていた。あれだけ見えていなければ、さぞかし私も美人に見えているだろう。

「お願いします。一花さん」

「うむ」

偉そうに返事をして瑞喜の押すカートに、必要最低限の調理道具を厳選して入れていった。これで大体は調理できるだろう。別れ際におかずのタッパーを数個渡すと大喜びしていた。

＊　＊　＊

「一花姉ちゃん、その、賢人さんとは大丈夫？」

しばらくして、私が断っていたデートを今度は賢人が断るようになった。スマホを片手に画面の前で固まる私を見て向日翔が心配してくれる。うん、結構やばいと思う。土日は父を理由にデートを断わり、平日の夜にかろうじて会っても、いい雰囲気になったら用事を作って逃げ帰るの繰り返し。さすがに賢人も愛想が尽きてきたのかもしれない。

まずい。この土日をしのげば、晴れて賢人のものになれるのに。月曜日からはもう焦らしたりしないいし、何なら部屋に入ったら自分で脱ぐ。ご奉仕だってしたことないけど嫌がらない！　だから、何とかそれまで許して欲しい！

そんなこんなで三十万を手にした私は、次の土曜日にやっとのことで賢人とデートの約束までこぎつけた。

「一花、ごめん。別れて欲しい」

頼んだアイスコーヒーもこないうちに賢人がその言葉を口にした。頭が真っ白になるってこういうことか。

　今日こそは賢人に処女を捧《ささ》げようと意気込んでおしゃれをして、この日のために買った下着で挑んだデートだった。あれから二カ月も引き延ばしたのだから、私だって罪悪感でいっぱいだった。ホテルの一階の喫茶店。ここなら、ほら、じゃあ上で部屋を取って、ね？　みたいな。

「え、えっと。理由を聞いてもいい？」

　ここ二カ月、変な行動をとったから、浮気を疑っているのだろうか。でも決して浮気はしていない。ちゃんと端折らず説明すれば、賢人だってわかってくれる。どう説明しようかと拳を握って考えあぐねていると、賢人の口から思いもよらなかった言葉が出た。

「俺、桜ちゃんを好きになった」

「へっ⁉　桜⁉」

　どうしてここで桜の名前が出てくるのかわからなかった。すると、どこから現れたのか桜がすっと賢人の隣に座って、彼の手を握った。え、何してるの？

「一花お姉ちゃん、ごめんね。私も賢人さんのこと、好きになっちゃったの」

「え？」

　目の前で行われる告白に、ただ二人を見つめることしかできなかった。

「ごめん、ほんとにごめん一花。結婚の話もなかったことにして欲しい」

「ちょ、ちょと、待って。なんで？」

「お姉ちゃんが悪いんだよ？　賢人さんを大事にしないから。理由もなくデートをキャンセルして家でゴロゴロして。それに結婚の約束もしてたのに……体を許してあげなかったり。賢人さんのこと試してたの？　ひどいよね……」

「桜ちゃん……それは俺と一花の問題だから」

「なに？　体って？　そんなプライベートのことも、どうして……？」

「だーかーらー。桜が代わりに賢人さんを慰めてあげてたんじゃん。好きになっちゃっても仕方ないよね？　お姉ちゃんとは肉体関係もなかったんだから、サクッと別れてくれるよね？」

「賢人、まさか、私の妹に手を出したってこと⁉」

「……色々と相談しているうちに、そうなっちゃって。ごめん」

　バッチーン‼

「最低‼」

　周りの人が賢人の頬をはった私を呆然《ぼうぜん》と見ているのがわかった。興奮する私を見て桜が賢人に気づかれないように、満足そうに笑っていた。桜ってこんな悪い顔して笑う子だった？　ずっと守ってきた桜のこと、私と結婚するって言った賢人のこと……頭の中がぐちゃぐちゃだった。

「お望みどおりに別れてあげるわよ！」

　捨て台詞を吐いて、振り返りもせずに急いでホテルを出た。歩きながら涙がこぼれてくる。

最低だし！

ほんと最低！

大っ嫌い。

大っ嫌い。

賢人も、桜も！

私なりに、二人とも大切にしてきたのに！

こんなことって！　こんなことってない!!

ここのところ、会えなかったのだって、本当は会いたかったのを我慢してたんじゃない！　でも、会ったらもう、体を許さない訳にもいかなかった。私だってしたかったし、賢人がその気になってたのも知ってる。それを、よりにもよって、桜と？　私がどれだけ妹を大切にしてきたか知っていて手を出したって!?

とんだクソやろうじゃないか！

桜も桜だ。学費の使い込みなんてしなければ、今頃私と賢人はラブラブで、結婚の話をしていたに違いない。今までの彼だって、結婚の話が出なかったわけじゃない。けれど、借金を残して家を出たくなかったから、毎月血を抜いて売っていた。褒められたことじゃないことは知っている。献血とは違って、血を売ってお金をもらうなんて真っ当なことじゃない。父には何度もやめろと言われていた。

桜は私が血を売っていたことを知らない。でも桜のせいで我慢していたデートを、わざとキャンセルしてたって賢人に言ってたの⁉　そんなふうに思われて賢人から避けられていたんだ。

ありえない。

ああ、頭の中がぐちゃぐちゃ。

――わかってる。

わかってるよ。私の自己満足なんだって。桜を、家族を言い訳にして、ずるずるやってきたから。文句言うくらいなら、さっさと処女だって捨てて結婚すればよかった。

でも、だったら、どうしたらよかったのよ。

お母さんだって、なりたくて病気になったんじゃない。お父さんだって、したくて借金したんじゃない。そんなこと全部から目を逸らしたらよかったの？

どうすればよかったのか教えてよ……。

私の頭の中は支離滅裂で、浮かんでくる考えを整理することすらできない状態だった。

絶対に捨ててやる

「あれ、一花姉ちゃん、お帰り……って、え？」

家に戻ると、ゲームをしていた向日翔が振り返って、ぎょっとしている。アラサーの姉が号泣して立っていたらそりゃ驚くだろう。間違いなくホラー。

「今日のデート……な、なんかあった？」

「わ、別れてきた……」

「え……まさか、賢人さんと？」

「ざ、桜が……好きだって」

「‼　アイツっ」

「そうだよ！　真面目な顔して、とんだクソやろーだったよぉおおお‼」

「うんうん、一花姉ちゃん、辛いよな。ホントアイツ最低だな！」

「十代の女の子に手を出して、変態かよ‼」

「……って、あれ？　……一花姉ちゃん。まさか、この期に及んで彼氏の方を怒ってんの？　俺、これは一花姉ちゃんが悲しむからって黙ってたんだけど」

「何よ。今更」

「桜な、その、姉ちゃんの歴代の彼氏にも手を出してたんだ」

「え？　ええ？　歴代？？　初彼は二十歳ん時だから桜まだ十一だよ？」

「そん時は、相手の男にあることないこと吹き込んだの」

「あ、ま、それは、さあ、私が母親代わりだったから、取られちゃう的な……」

「なにモジモジ言ってんだよ、危機感足りないんだよ！　二年前の彼氏は完璧に桜の彼氏になってた！　すぐ捨ててたみたいだけど」

「だって、まだ高校生……」

「あのさ、もうはっきり言うよ。信じたくないのはわかるけど、桜って一花姉ちゃんが大嫌いなんだよ」

「え」

「ずっと、嫌がらせしてたの。気づいてないの、姉ちゃんだけだよ。俺と父さんは、何回も注意してた」

「嘘……」

「今回の学費の件だって、ひどいもんじゃない」

「向日翔、これ、現実？？　もう、お姉ちゃん、頭がパンクして脳が受けつけられない……」

「ちょっと待ってて、とりあえず、その腫れた目を冷やそう」

向日翔が冷蔵庫から冷却ジェルを持ってきてくれた。何よりも、溺愛していた妹に嫌われていた現実が受け入れられなかった。ずっと、反抗期も可愛いな、とか。デレないツンだなって思っていたけど。

嫌われていたんだ……。

学費使い込んで平気な顔してたのも。

私の彼氏を奪って面白がるほど。

私のことが嫌いだからそうしていたんだ。

「一花姉ちゃん、どうした⁉」

いきなり立ち上がった私に、向日翔がオタオタしていた。

「これから、処女捨ててくる」

「はあ⁉　何言ってるの？　ちょっと、頭冷やして落ち着いて！」

向日翔がオロオロと二つ目の冷却ジェルを持ってくる。

「もう、何もかもがバカらしい。なんでこんなことし続けていたんだろう」

「うんうん、そうだけど、ね？　ちょっと、早まらないで。自分の体は大事にしよう。一花姉ちゃん、十分綺麗《きれい》だから！」

「……じゃあ、あんたが、ぶち込む？」

「はあぁああ⁉　な、な、なに言ってんの⁉」

「これまでの呪縛から解き放たれる！　私は自由になるんだから！　私の処女膜を破る気のない奴は黙ってろ！」

「ひいいぃ……い、一花姉ちゃんが壊れた……」

二つの冷却ジェルをぶん投げて、再び鞄を持って家を出る。太陽はまだまだ高い位置にいた。

＊　＊　＊

大きなことを言って家を出てきたが、行く当てなんてない。何しろ私とセックスしてくれそうな人物も思い浮かばない。ホストクラブ？　でもさ、行ってすぐにはセックスさせてくれないでしょう。もう、即したい。一秒でも早く処女とおさらばしたい。女性用の風俗ってあるんだろうか。その辺でナンパして病気になるのはいやだ。

公園のベンチに座って、いかがわしい店の検索を始める。

「くそっ。レンタル彼氏なんぞ生ぬるい！」

「何が生ぬるいんですか？」

「え」

声をかけられてスマホの画面から顔を上げると、そこには瑞喜がいた。あれから瑞喜とはレシピや食材が買えるところの情報などを教えてあげたりしていた。まだ彼は自分で作ることはできないので、会える時はお弁当を作ってあげている。毎回頬を膨らませて食べるその様子は、ガリガリでも可愛い。

「あわわわわ」

やましい検索をすがすがしい気候の中、子供がちらほら遊ぶ公園でしていた。動揺して落としたスマホを瑞喜が拾ってくれる。

「一花さん、これ……すみません、見てしまいました。レンタル彼氏って、一花さんには彼氏がいるんじゃ……」

「あ、や。そうじゃない。彼氏にはさっき振られたから」

「え……結婚するって言っていた彼氏ですか？」

「う、うん。い、妹がいるんだけどね。……その、妹のことが好きになったって言われて振られたの……」

そう改めて言葉にするとまた涙がポロポロと落ちた。

「い、一花さん、ここ、目立つんで、人けのないところへ移動しませんか？」

「ごめんね……ぐすっ」

涙と鼻水で小汚いアラサーは、和やかな公園には似合わない。案の定、子連れのお母様方にヒソヒソされている。瑞喜は私が泣いているのが見えないよう、体で庇《かば》ってくれた。年下の男の子に気を使わせてしまって申し訳ない。

瑞喜が手を繋《つな》いでくれる。その思いやりにまた涙がこぼれる。必死に人けのないところを探してくれているようだが、土曜日はカラオケ屋もいっぱいだ。

……前方に見えるのはラブホテルの看板。

休憩百二十分……三千二百円
十時から夕方五時までサービスタイム五千円
うん。お得。

ぎゅっと瑞喜の手を摑《つか》んでラブホに突入した。イケる！　こんな薄くて吹けば飛びそうな男なら！

「え、え？　一花さん⁉」

私に手を引っぱられてラブホテルに連れ込まれる瑞喜。何が起こったのか理解できないのか、とにかくオロオロしている。急がないと、いくらひ弱そうでも逃げられてしまう。初めて入るラブホテルの仕組みがわからず、手間取りながらも瑞喜を掴む手に力を入れた。絶対に逃がさない。

なんだ。これ、どこ押せばいいんだろ。明るいパネルを選べばいいのか。安いのでいいや。ボタンを押すとカチカチと点滅し始めた。矢印がひかってる。よくできてるな。そっちか！

「ね、ちょ、一花さん⁉」

狭い廊下を強引に突き進み、狼狽《うろた》える瑞喜の背中を押して部屋に入るとオートロックの閉まる音がした。

捕獲完了。

こ、これが……ラブホテル。

意外に部屋の中は普通だった。もっとムーディな照明でいかがわしい雰囲気だと思ってた。

「そんなに誰かに聞かれたらまずい話だったんですか？　僕、こんなところは、は、初めてで……」

キョロキョロして、オロオロしている可哀想な痩せた子羊……。

「あのさ。瑞喜は二十歳だよね？　成人してるよね？　ついでに童貞？」

「……はい」

　初めてなら病気もないだろう。うん。

「あのね、ボランティアだと思って、私とセックスしてくれないかな」

「は⁉」

「今、すぐに、処女を捨てたいの」

「……一花さん。それって彼氏に振られた腹いせですか？」

「それもある。けど、元々興味もある。それにすぐに捨てないと、私の精神が保てない。今この時、元彼と妹がイチャイチャしていると思うと、処女のまま、妹のいる家に平常心で帰れる気がしない」

「……それで、レンタル彼氏を検索していたんですか」

「無理？　私じゃダメ？　めっちゃ年上だし、処女でメンドクサイし」

「僕、一花さんに好意を持ってますけど、それでもいいですか？　年下だし、童貞でメンドクサイですよ？」

「やる気になってくれた？」

「僕が断ったら他所《よそ》で済ますんですか？」

「うん」

「僕がやります」

「おお。男らしいぞ！」

はあ、と瑞喜が息を吐く。申し訳ないけど、よろしく頼みます。

「で、どうすればいいのかな。まずはお風呂？」

確かそっちにそれらしい扉があったと、風呂場の方に行こうとすれば瑞喜に腕を取られた。

「僕、一花さんの裸が見たいです」

「え。そんなもの見たいの？」

コクリと瑞喜が頷いた。本気らしい。あー二十歳の男の子に裸見せるなんて、罰ゲームみたいだな。でも私が頼んでるんだし、やる気のあるうちに済ませたいから仕方ないか。

さっさと服を脱いでいくと、じっと瑞喜が見ている。女の人の裸見るのも初めてなのかな？

「もしかして、今日、彼氏とする予定だったんですか？」

「あー……うん」

賢人のために用意した白のレースの下着。もう、なんだかそれも滑稽に思える。賢人は桜と私を比べて桜を選んだ。

「綺麗です。けど、他の人のためって凹みます。僕が脱がせていいですか？」

「んー。まあ、いいけど」

服をハンガーにかけていると、瑞喜が後ろから私を抱きしめてきた。

「今更だけど、ごめんね、私なんかが初めてで」

「はは。僕に抱かれてもいい、なんて言うのは一花さんしかいませんよ」

「……確かに、もうちょっと太らないとね」

　後ろから触れる瑞喜の体はガリガリだ。事情はあえて聞いていないけど、瑞喜の自信のなさは、ちょっといじめられているんじゃないかと思えるレベルで。……良かった。瑞喜に頼んで正解だった。だって、お互い慰めあえる。

「温かい……それに一花さんはいい匂いがする」

「汗臭いんじゃない？　やっぱり、シャワーだけでも……んんっ」

　べろりと瑞喜が首を舐めた。舌の這《は》う感触がこんなにいやらしいなんて驚いた。丹念に瑞喜が私の首筋を舐めて、吸ってきた。ハアハアと瑞喜の興奮する息使いが聞こえてくると、パチンとブラのホックが外されて、ひらひらとブラが床に落ちていった。拾いたかったけれど、それより先に瑞喜の手が私の乳房を摑んだ。

「ハア……柔らかい……気持ちいい……ハア」

　ぼそぼそと瑞喜の声が耳元で聞こえる。え、めっちゃ興奮してない？　大丈夫かな。私だってリードできる経験ないけど。

　硬いものが私のお尻に触れている。こ、これは、瑞喜の？　え、もう？　もう臨戦態勢なの？　早くない？

　まだショーツが残ってるけど。わ、若いってこういうこと⁉

「み、瑞喜、べ、ベッドに行こう」

私がそう提案すると、無言になった瑞喜が私の膝裏に腕を入れて抱き上げた。お、降ろして！　折れる‼　み、瑞喜が折れてしまうから‼　私相手にカッコつけなくていいの‼

ハラハラする私をよそに彼は私をゆっくりとベッドの上に降ろした。——大丈夫か？と見つめていると、こんどは勢いよく着ていたシャツを脱ぎ捨てた。あ……あばらが……。

「情けない体でしょう？　ほんとにいいんですか？　一花さん。僕、本当はもっとマシな体になってから、最高のシチュエーションでしたかった……」

「あ、や。それについては本当にごめん……でもさ。私には今の瑞喜で十分。きっと二人で一皮むけたら、瑞喜も自信が持てるんじゃないかな？」

「一花さん……」

「もう彼氏もいないし、もうちょっと頻度を上げて瑞喜にご飯食べさせてあげる。それが今日の報酬。どう？」

「僕ばっかり得ですけど」

「そんなことないよ。私たちに今必要なのは慰めじゃない？」

「一花さん、お願いがあるんですけど」

「うん？」

「せめて今だけでも恋人としてセックスしてくれませんか」

不安そうに瑞喜の目が揺れていた。

「……ダメ」

「えっ……」

「瑞喜は私を救うヒーローなの。ヒロインを助けにきたの」

「……ヒーロー。僕が？」

「うん。ヒーローなの。誰からもいらないって言われたような気分の私を、この世界につなぎとめて」

手を伸ばすと瑞喜がその手を取ってキスをした。まるで物語の王子様とお姫様みたいに。

そこも痩せていて欲しかった

瑞喜が鎖骨にキスをしながら、指で私の胸の先をコリコリと刺激する。肌を滑る柔らかい唇の感触がいやらしい。腰を撫《な》で上げられて、体がムズムズする。硬くなった昂《たかぶ》りは、時折太ももに当たるのに、それをすぐに入れようとはしなかった。前戯って、こんなに時間をかけるものなの？　ちゅっと肌を吸う音ばかりして、彼が私のことをお姫様みたいに扱うのが恥ずかしくて堪らなかった。

「気持ちいいですか？」

「う、うん……気持ち、い、いいよ」

「して欲しいこと、言ってください」

そう言って、また瑞喜が私の体を撫ではじめる。肌をかすめる息使いが生ぬるい……ピリピリとした焦れるような感覚。他人が自分の体を舐めてるってだけでも興奮してしまう。

「……恋人がダメなら、キスもダメですか？」

私の視線に気づいたのか、ハアハアと興奮しながら聞いてきた。いや、もはや懇願。

「キス……瑞喜はしたことあるの？」

「ないです」

だろうなぁ、と思いながら、興奮してまったく余裕のない瑞喜を見る。別にもっとすごいことをするんだし、キスくらいしてもいい。むしろこんなに大事に扱ってくれる彼とのキスに興味がある。でも、童貞もらって、初キスまでいただくのは、まずいとか、ちょっと頭の片隅にあった。唯一魅力的に見える唇にむしゃぶりつきたい気もするけれど、脱処女を無理やりお願いしている身だから。

「あー。初キスに思い入れとかないなら……」

「一花さんとしたいです」

「そ、そう……じゃあ、する？」

その真剣な表情に、今更ながらキスが神聖なもののような気がしてきた。残るは一枚の下着だけの男女がラブホのベッドの上で、のそのそと向かい合って正座した。瑞喜がかがむように、私の太ももの横に手を置いて近づいてくる。眼鏡をとった瑞喜がどこまで見えているのか疑問だが、顔が急にアップになったので慌てて目を閉じると、ふわりと唇に熱を感じた。

ん？　終わり？

目を開けて、瑞喜の前髪を人差し指でかきわけると青い目が出てきた。キラキラしていて綺麗。そう思ってジッと見つめていたら、もう、いっぱいいっぱいで真っ赤になった瑞喜がそこにいた。か、可愛い。思わずこちらからキスを仕掛ける。少し開いた唇に、誘うように舌を忍ばせると、瑞喜は一瞬びくりとしたがすぐにそれを受け入れた。

お互いの鼻を軽くこすって、顔の角度を変えてキスが深くなる。いつの間にか私の退路を絶つかのように、瑞喜の手が私の後頭部を押さえていた。

舌を絡ませながら、唾液を交換するかのようなキスに脳天がしびれてくる。キスは何度かしたことがあるけれど、こんなに気持ちいいものだったっけ……。

いったん離れた唇を逃すものかと、瑞喜がまた追いかけてくる。段々と迫ってくる瑞喜に体を後ろに倒されると、ポフンとベッドに沈んだ。

「……っハア」

ようやく長いキスが終わると、互いの唇を紡ぐように銀糸が垂れた。ちょっと、このキスはヤバイ。

トロトロになった私のショーツに、瑞喜が手をかけて足から引き抜く。キスで興奮してしまった私の足の間はすでに濡《ぬ》れそぼっていた。瑞喜の指が私の入口に触れると、クチュリと音が鳴る。ちょ、ちょっと待って。は、恥ずかしすぎる。

「……溢《あふ》れてる」

カア、と顔が熱くなる。声に出して欲しくなかった……もう、めちゃくちゃ恥ずかしい。

「んぐっ」

自分の指も怖くて入れられなかったのに、ぐっと指を沈められた。何この圧迫感。指でこれ？

「一花さん……いい匂いがする……すごい、もう、幸せ」

「んぁっ」

ぬるりとした感じがして顔を上げると、下肢の方へ移動した瑞喜が私の足を開いてクリトリスを舐めていた。あまりの刺激に体が跳ねる。

「っちょ、あっ、んんっ」

出し入れする指が増えている気もするし、ぴちゃぴちゃと舐める音がいたたまれなかった。あまりされるとイってしまいそうだと思って瑞喜の顔を手で防ごうとした時、じゅっとクリトリスを吸い上げられてしまった。

「あぁぁっーーー!!」

ビクビクと体が跳ねて、情けなく瑞喜の前でイってしまった。なんなの、テ、テクニシャンなの？　体の奥がジンジンする。ハアハアと短い息を吐いて、快感をやり過ごしているとまた唇が降りてきた。

甘い。甘いキス……。

ものすごく愛されてる気になってしまう。舌を舌でくすぐられると、体の奥がしびれてくるような感覚がして、じわりと子宮が熱を持ってキュウキュウと訴えてくる。

——欲しい。

「瑞喜……も、入れて」

「い、一花さん……っ」

私の訴えに応えて、入り口に熱いものが押し当てられた。

やっと迎え入れられる。これで私は……。蜜がタラタラと零れた入り口に硬い肉棒が押し当てられると、いっそう子宮が収縮して欲しがるのがわかった。ぐいぐいと押し当てられた瑞喜の立派な局部がメリメリと入ってくる。

あれ……ん？　立派？？

「はっ、き、キツイ……」

艶めかしい瑞喜の声に一瞬気を逸らされたけど、いや、無視できない。ものすごい圧迫感。彼の肉棒が私の膣《なか》を広げながら押し進む。

「かはっ……！　ちょ、み……ま、まっ……」

「一花さん……一花さん！」

待って、それ、そこだけ痩せてないから！　聞いてない、そこだけ立派だなんて、聞いてない!!

「くうぅうっ」

ズン、と一気に奥深くまで差し入れられてしまう。

い、痛ったあああ!!　痛いってぇええ!!

「ああぅっ」

瑞喜に訴えようにも、もう、痛くて、痛くて……。

「一花さん!!　一花さんっ!!」

止めてくれとも言えずにガンガンと瑞喜に出し入れされて、情けないことに気が遠くなる。ようやく彼の動きが止まった後……。

「……は、破瓜《はか》の血……」

なんだか感動するような声が聞こえた気がした。

＊　＊　＊

「あれ……?」

光を感じて目を覚ますと真っ白い空間にいた。

まるで血を売る施設のようだ。

違うのは珈琲のいい香りがすること。

「ここ……あれ？」

どう見ても一番安かったラブホテルの部屋のベッドの上には見えなかった。恐ろしいくらい手触りのいいシーツ。高価そうなベッド。しかもどうして枕が四つもあるのだろうか。上半身を起こすと下腹に違和感が。

「ああっ！」

ええと、瑞喜とセックスして、痛くて……。んん？　痛いだけでもなかったような？　なんだか首筋にも違和感がある。けど、それより……。

「どうしよう、避妊してない……」

必死すぎて失念していた。今から病院駆けこめば大丈夫かな……。お腹に手をあてて青ざめていると、白い空間がぽっかり空いた。

ドアだ。

そこから瑞喜がお盆を持って入ってきた。お盆にはコップが乗っていた。

「目が覚めたんですね？　良かった。すみません、ちょっと心配だったので、一花さんが寝ている間にお医者さんに診てもらいました。ああ、大丈夫です。ちゃんと女医さんですから」

「は、はあ⁉」

ちょっと、待って。セックスして気絶した女を医者に見せたって？　そ、そんなに悲惨な状態だったの？

「僕のサイズが少し大きかったようで。無理させてしまってごめんなさい」

「ああ……そ、そうなの……」

た、確かに大きかったけど。漠然とそこも細いと思ってたから驚いたけど。

「気を失ったのは疲労のせいだろうって」

「そ、それよりも！　そうだ、避妊してないから！」

「ああ。大丈夫ですよ。僕、女性を妊娠させられないので」

「え、そうなの？」

そんな重大な疾患まで背負ってたの？　瑞喜を見ると、苦笑していた。

「心配してくれるんですね。本当に一花さんは優しい。大丈夫です。いずれは心配ないと言われてます。今は無理なだけです。それに念のために、アフターピルを処方してもらいました。飲みますか？」

「うん。ありがとう。お金払うね」

今は栄養失調とかで女性を妊娠させられないのかな？　いずれにしても治るようなら安心だ。

「お金はいりません。あなたの体に負担がかかるのですから、僕に払わせてください」

「え？　でも、合意だったから」

むしろだまし討ちみたいなものだったし。とりあえず薬を受け取って、コップの水で飲みほした。お礼を言ってコップを瑞喜に渡す。

「あれ？　瑞喜、眼鏡は？」

「え？　ああ。もう必要なくなったんです」

「ずいぶん近眼だったでしょ？」

あまりの分厚さに、掛けてみた時くらくらしてたのに。さっきから違和感があるな、と思っていたら眼鏡がなかったんだ。

「一花さんのおかげです」

「？？」

瑞喜がにっこり笑う。――あれ？　こんな感じだったかな。もっと陰気な……。ずいぶんイメージが違う……。

「栄養が足りなかったんです」

「ああ。まあ」

そうだろうけど、そんな数時間で変わる？？　まさか、私、めっちゃ長い間、気を失ってたとか？　どうしよう一年後とかだったら。

「スマホですか？　はい、これ。それからお腹空きました？」

キョロキョロしていると、スムーズな動作でスマホが私の手に渡される。

「ええと、お腹は……って、ここどこ？」

「僕の家です」

スマホを確認すると十九時過ぎだった。瑞喜をホテルに引っ張り込んだのが大体十一時前くらいだったかな。え、何時間ここにお邪魔してたの？　てか、ラブホのお金とか。ここまでどうやってきたとか……。スマホには向日翔から鬼のように連絡がきていたので、すぐ電源を落とした。

「一花さん。僕、ここで一人暮らしなんです。今日は泊っていっても構いませんよ？　明日は休みでしょ？　少なくとも今日、家に帰れますか？」

「……あ」

衝撃的なことの連続ですっかり忘れてたけど、そのせいで瑞喜にセックスしてもらったんだった。賢人と桜の顔を思い出すと、つ、と涙がこぼれた。

「うん……ごめんね、甘えてもいい？　明日は帰るから」

「もちろんです」

私の言葉に瑞喜が柔らかく笑った。いい子だな。

「あの、瑞喜がここに運んだの？　えと、診察代とか、ホテル代とかも払うから」

「診察は信頼のおける人にきてもらっただけなので、心配なさらず。ホテル代は僕に払わせてください。男ですので。というか、僕は一花さんからお金はもらいたくありません」

瑞喜が力強く言うものだから笑ってしまった。可愛い。

「学生じゃないの？」

「いえ。研究員してます。働いてるから、気にしないでください」

「でも、お金払わないのも……」

「お金よりも、一花さんがご飯を作ってくれたら嬉しいです」

「そんなのでいいの？　まあ、そうか。じゃあ、ご飯作る。キッチン貸してもらってい
い？」

「え、体、大丈夫ですか？」

「瑞喜はお腹空いてるでしょ？」

「そうですけど……」

「なにかしているほうが、気も紛れるし」

ベッドから下りようとした私を、子供のように脇に手を入れて瑞喜が立たせてくれた。

あれれ。なにこの安定感。

「無理してませんか？」

「……大丈夫」

なんか瑞喜から、いきなりイケメン臭がしてきたんだけど……。しかも私の服装、彼
シャツなんだけど……。

「あの、私の服……」

「クリーニングに出してしまったんです。下着はついでに買ってきてもらいましたけど」

「へっ⁉」

クリーニングにかけるような、そんな大層な服じゃないけど⁉　そういえば、この下
着、見たことない。

「あの、一花さん……」

「？」

「抱きしめていいですか？」

聞いたわりには私の返事も聞かずに、瑞喜が私を抱きしめた。体つきはまだガリガリで、うん。違う人にすり替わってはないと思う。でもどうしよう、とても男を感じてしまうんだけど。しかも、なんだかこう、安心？　できるというか……。

「コーヒー、いかがですか？　僕、コーヒーだけはいれられるんです」

「へぇ……」

顔の造作は元々良かったのだろうけど、何やらキラキラして見える……。眩しい。人は大人の階段を上るとこうも自信があふれてくるものなのだろうか。

「ベッドで飲むのはちょっと……」

「じゃあ、移動しましょう」

瑞喜に促されて隣の部屋に出ると、そこはダイニングのようで、テーブルと洒落《しゃれ》た二つの椅子があった。誘導されて椅子に座ると目の前にコーヒーを置いてくれた。いい香り。

さっきの部屋もそうだけど、モデルルームみたいに生活感がない。キッチンの方にさっと目を向けると、前に一緒に購入した調理道具が並べてあった。

「美味しい……」

バリスタのように差し出してくれたコーヒーはとても美味しかった。私の言葉に瑞喜がほわっと笑う。……おかしい、やっぱりイケメンに見えてきた。

それからコーヒーを飲み終えた私はキッチンで彼に教えながら料理をした。セックスしたからか、やたら距離が近い。ちょ、なんかドキドキしてきてヤバイ。

「そういえば、どうして調理器具、並べたままだったの？」

「どこに仕舞ったら使いやすいかわからなくて。一花さんに教えてもらおうと思っていたんです」

「へぇ……」

あのまま賢人と上手くいっていたら、いくら瑞喜が可愛い弟分でも独り暮らしの部屋には誘われても入らなかっただろう。人生何があるかわからないな……。

ファミリータイプの冷蔵庫には瑞喜一人では食べきれないような食品がたくさん入っていた。ビーガン食が食べられる嬉しさに買いすぎちゃったのかな、とか思ったけれど……。


私は何も気づいていなかった。瑞喜が急激に変わってしまった理由を。

どうして私が目覚めるタイミングがわかってコーヒーを用意していたのかも。

この時からすでに、いや、出会った瞬間からもう運命は動き出していたのだ。

二章

一宿一セックスの恩義のはずが

「野菜の皮は出汁に使うから捨てないでね」

並んで料理する瑞喜に指示をする。ピカピカのキッチンは、使用した形跡がほとんどない。隣で作業する彼が体をどこかしらくっつけてくるのがくすぐったい。

「瑞喜、あのう。ここってさ。最近、越してきたの？」

「先月くらいに越してきました」

「そ、そんなピカピカな所に……」

泊まるとは言ったけど、友達の枠からちょっとだけはみ出た（桜曰《いわ》く年増の）私を入れて良かったの？　いくら料理を習うって言っても、ベッドまで使わせてもらって申し訳なさすぎる。

「まだ二部屋くらいしか使ってないです」

「へぇ」

カーテンの隙間から見える夜景が恐ろしい。東京タワーが見えてるし。相当、都心の利便のいい立地の気がする。しかも高層階だろう……瑞喜は桁違いのお金持ちなのかもしれない。貧乏ではないと思ってたけど、勝手にネグレクト気味の可哀想な学生だと思い込んでた。ここを見る限りそんなことはない。大切にされて育ったっぽい。……そんな子に私はセックスしてくれって迫ったってこと?

どうしよう訴えられたりしたら。

「あのね、一花さん。僕、割と欠陥品でね。小さい頃から、家族の体臭もダメなんです。食べ物も難しいし、周りのみんなに心配してもらっても、いつも痩せっぽちで。小さい頃は優しくしてくれる両親に抱っこされるのも拒否して、母をよく泣かせていました」

「……」

「一花さんの匂いはとても良くて、一緒に過ごした後は家族とハグもできたんです。食欲もこんなに湧いたことはないんです」

え、ちょ、泣ける……。

「と、とにかく、食べようか」

瑞喜を太らせてあげないといけない。豆腐のステーキ。大豆ミートの唐揚げ。ひよこ豆のコロッケ。おひたしに、野菜の煮物。冷蔵庫にあったもので思いつく限り片っ端から作っていく。冷凍しておけば、しばらく食べるものに困らないだろう。せめてもの恩返し。

「どうしよう、一花さん、僕、食事でこんなに幸せな気分になったのは初めてです」

「どうぞ、召し上がれ」

キラキラした目で、食卓に並んだ大量のおかずを眺めた瑞喜が、料理をひとつひとつ堪能していく。私の料理をここまでおいしそうに食べてくれた人はいない。ああ。違う。母だ。母がいたな。

——一花ちゃんが作ったおはぎが食べたいな。

病床の母の最期のわがままはそんなことだった。

「今度、おはぎ作ってあげる」

「本当ですか⁉」

ニコニコ笑う彼に、こちらも笑いがこぼれる。少なくとも今、誰かに必要とされている。

「ちょっと弟に電話してくるね」

「……はい」

心配そうな視線を感じながら、キッチンを出て向日翔に電話を入れた。

『一花姉ちゃん！　どこいんの⁉　大丈夫なのかよ⁉』

ワンコールも鳴らないうちに向日翔が出た。ずいぶん心配をかけたみたいだ。

「大丈夫だから。いま、友達のところにいるから。明日帰る」

『と、友達のとこ？　変なこと言いながら出て行ったから、俺、焦ったよ！』

「ああ。目的は果たした」

『はえ⁉　なに、どういうこと⁉　一花姉ちゃん⁉』

「私はもう血は売れないし、真っ当に生きる。……桜は？」

『あいつ、賢人さんと暮らすって言い出してる。あれからあの二人、家にきたんだ』

「へえ」

『父さんがめっちゃ怒ってさ、姉ちゃんに借金返すまでは勝手は許さんって。正直、卒業旅行に学費使い込んで借金したって聞いて、賢人さんもドン引いてたよ。父さんが桜を叔母さんのところに預けるって言ってる。姉ちゃんは明日安心して帰ってきていいよ』

桜の話をするのはもっと辛いだろうと思っていた。正直こんなに冷静に話を聞けるとは思っていなかった。

「……ありがと、向日翔。お父さんにも怒ってくれてありがとうって、言っておいて。でも、桜は家にいればいいよ。私が出てくから」

『一花姉ちゃん、そんな』

「なんだかんだ言ってもさ、桜を突き放すことはできないんだよ。私も向日翔もお父さんも」

どんなことをしても桜の姿は母の生き写しだもの。桜は母が最後に私たちに託した大切な女の子。なのに一番辛い時に手を差し伸べてやれなかった。

「もう、借金もないし。私も家からいい加減出たいの」

家を離れるいい時期なのかもしれない。

『……明日、ちゃんと帰ってきてよ』

「わかった」

通話を終えて、フウと息を吐いてダイニングに戻ると瑞喜がじっとこちらを見ていた。

でも、あれ、待って。テーブルに置いていた食事をほとんど食べてしまってるんだけど?

「一花さん、ご実家出られるんですか?」

「へっ? ああ。聞こえてた? まあ、さすがに妹に婚約者取られたとか、ちょっと顔合わせづらいし。もう私も二十八歳だからさ」

「あの、でしたら!」

「?」

「ぼ、僕とここで、同棲《どうせい》しませんか⁉」

「え……」

「ほら、使ってない部屋もあるし、一花さんがご飯を作ってくれるなら家賃も光熱費も食費もいりません。どうか僕を助けると思って」

「あ、いや、さすがに二十歳の男の子のところに転がり込むのは……」

「お願いします!」

「ちょ、ちょっと、頭下げないで、うー、まいったなぁ」

「一花さんが『うん』って言ってくれないと家から出しません。服だって渡しませんよ」

「えー。そんなに切羽詰まってる? ご飯なら通いで作りにくるよ……」

と言いつつ、テーブルの上のおかずを見る。いや、これ、芳野家の三日分くらいの量だったんだけど……。

毎回この量を食べるなら住み込みじゃないと無理かも……。

「僕を見捨てないでください」

「や、そうは言われても……」

仕方ない。もう少し太らせるまではちょっと間借りさせてもらおうか……。

「じゃあ、お言葉に甘えて少しだけお邪魔しようかな。私の部屋が決まるまでね」

「はい！」

満面の笑みで言われると悪い気はしないけど。まあ、住み込みの家政婦って感じでいいのかな。

なーんて私は軽く考えていたのだった。

＊　＊　＊

「絶対、戻ってきてください」

「だから、荷物取りに行くだけ。ちゃんと戻ってくるから」

日曜日の朝、一旦家に帰って荷物を取ってくるという私に、瑞喜がついてこようとした。家族に挨拶するっていうけど、いや、普通に色々まずいだろう。年下たぶらかしてセックスまでして、しかも、その子の家に居候するんだから。落ち着いたら、と何とか説得した。

駅まで送るという彼をエントランスに押しとどめて外に出る。すがすがしい天気だ。

「ふう」

やっぱり、っていうか、びっくりっていうか。最上階だった……。うう。エレベーターまで専用機だし、エントランスも大理石で外に出たら小さな小川まで流れてた。なんか住人しか使えないジムとかもあるみたい。ひーっ。コンシェルジュと目も合わせられなかったよ。

ちょっと、なんか、まずいことに足を突っ込んでしまったような……。

外に出て住居表示を確認すると、麻布だった。六本木じゃないだけマシ？　この服だってクリーニングだよ？　洗濯機で十分なのにあり得ない。なんか下着は勝手に捨てられてたけど。

いや、これ、このまま逃げる案件じゃない？　いくら戻ると約束したからってこれはないわー。

瑞喜には悪いけど、よし、逃げよう。


「ただいまー」

「一花姉ちゃん！」

家に帰ると向日翔が走ってきた。

「心配かけてごめんね」

「それより、大丈夫なのかよ⁉」

「え？」

「その、体とか」

「ああ、うん」

もう、色々衝撃的すぎて初体験の記憶が吹っ飛んでたよ。

「一花……」

「お父さん、ごめんね、勝手に泊まってきちゃって」

「桜には反省してもらう。お前にばっかり苦労をかけて悪かった。借金のことも桜に話したから」

「桜は？」

「康子《やすこ》のところで預かってもらってる。休み中はそこでバイトもして、一花にお金を返すように言ってある。――学費、使い込んだらしいな。お金を工面してくれたんだろ。父として情けない」

康子さんは父の妹で小さな居酒屋を経営している。お金と礼儀には厳しい人だから桜はずいぶん扱かれることだろう。

「お父さんは名古屋だったし事故に遭ってたじゃない。いいのよ」

「でも、そのせいで大森君と上手くいかなかったんじゃないか?」

「どのみち、桜と浮気するようじゃ結婚しないで正解だったよ」

「ほんと、クズカップルだな」

向日翔が言い捨てるとそれを否定するように甘えたような声がした。

「クズってなによう! 賢人さんが私のこと選んじゃったんだから、仕方ないじゃなーい。ひーくん、ひどいよう!」

「え、桜⁉」

不貞腐れて立っているのは桜である。

「桜、お前、康子の所へ行ったはずじゃ……」

「荷物取りにきたのよ! へー一花姉ちゃん、帰ってきたんだぁ。さすがに今回は落ち込んだよねぇ。可哀想にねぇ。お姉ちゃんの言う通りぃ、現実見ることにしたんだぁ。さすがにセレブは無理だけど手堅い高収入のイケメンで手を打つことにしたのよねぇ。あー。ごめん。三十路前の崖っぷちのお姉ちゃんの婚約者だったのにねー」

「桜! お前は何を!」

「お父さんもひーくんもひどいよぅ。いーっつもお姉ちゃんの味方でさぁ」

「今度という今度はちゃんとしてもらうぞ。桜、早く荷物をまとめて康子のところへ行きなさい」

「はあ。お金返せとか、ケチくさ」

「桜！」

「やっぱりさあ、私はまだ学生なんだから、ここはお姉ちゃんが出て行くべきじゃない？　叔母さんのところのバイトはちゃんと行くからさ。もう、あの人と四六時中一緒なんて死んじゃうよ」

「お、お前は！」

「……お父さん、息吸って。うん、まあ、いいよ。私が出て行くから。その代わり自分のことは自分ですることね。もう桜の面倒は一切見ないから」

ブルブル震えて顔を真っ赤にしている父になだめるように声をかける。桜は蔑むように私を見ていた。

「面倒⁉　見てもらった覚えもありませーん。お姉ちゃんのやってきたことくらいできるに決まってんじゃん。なら、いいよね。さ、じゃあ、すぐ出てって」

「……わかった」

「おま、散々、一花姉ちゃんに迷惑かけといて……‼」

冷静になって桜を観察すると嫌われているとしか思えない態度だった。今まで大事にしてきたつもりだったのにな。こんなに嫌われていたんだ。

自室に行って必要なものを鞄《かばん》に詰める。瑞喜のところへ戻るつもりはないし、友達ももう既婚者ばかりだから今日はネカフェでも行こう。早めに部屋見つけなきゃ。

ため息をつきながら作業していると心配した向日翔がやってきた。

「一花姉ちゃん……」

「大丈夫だよ、ほら。今日も友達のところに泊めてもらうから」

「それって、神田さん？」

「ん？　あ、そうそう。神田洋子ちゃんとこ」

「子供まだ小さいんじゃなかったの？」

「まあ、しばらくはいいって」

「そう……」

向日翔は高校時代の友達のところへ行くと勘違いしてるけど、心配するから黙っておこう。とりあえずここにはいたくない。

「住むところが決まったら改めて荷物取りにくるから」

「わかった……」

「大丈夫だって」

全然大丈夫なんかじゃないけど、不安そうな向日翔の頭をガシガシと撫《な》でてそう言った。自分に言ったようなものだけど。

「じゃ、また連絡する」

立ち上がると向日翔は捨てられた犬みたいな顔をしていた。でも、ごめん。お姉ちゃん、もう限界だわ。心配させないようにっこり笑って部屋を出る。

「一花！　――ごめんな」

父の申し訳なさそうな顔にも笑いかける。しばらくはちょっと一人になりたい。しかし、家を出るとそこには黒くて不気味な棒人間が立っていた――スレンダーマン？　いや、瑞喜なんだけど。

「ええっ⁉　どうして？」

「やっぱり一花さんの荷物持ちをしようと思って」

当然のように立っている彼にびっくりする。え、私、住所教えたっけ？？

「ご家族に挨拶を……」

「いや！　しなくていいから！　うん、さあ、行こう‼」

焦って背中を押すと後ろから声が聞こえた。

「あれれー。お姉ちゃん、誰かお迎えきてるのー？　うわっ、だっさ。ほっそ、こっわ」

「桜！　失礼なこと言わないで！」

私が家から出て行くのを確認するように桜が玄関から顔を出していた。瑞喜を見ると、面白そうにその姿を眺めて噴き出しながら外に出てきた。

「ちょ、マジ⁉　お姉ちゃん、何この人、キモいんですけど？」

「瑞喜、行こう！」

桜の言葉に瑞喜が傷つけられないよう焦る。坊主憎けりゃ袈裟《けさ》まで憎いってやつだ。なのに瑞喜は足を止めて桜に向き直った。

「あなたが一花さんの妹さん？」

「なによ、そうだけど何か？」

「僕はあなたのこと許しませんから。これからは僕が一花さんのこと幸せにします」

「お姉ちゃん、何こいつ。もしかして、賢人さんに振られてこんなのとソッコーつき合ってんの？　笑っちゃうんですけど！」

「桜！　黙れ！」

これ以上桜の暴言は聞きたくない。瑞喜の腕を取って桜から引き離した。私に強く言われたのがショックだったのか桜が目を見開いて私を見ていた。

「行きましょう。一花さん」

瑞喜に鞄を奪われて、角を曲がったところに待機していたらしい黒塗りの車に押し込められた。

あれ？　逃げるつもりだったんだけど……。

横に座る彼は無言で私の手をぎゅっと握っていた。

裸エプロンは上級者のはず

「あの、その。ごめんね。桜があんなこと言って」

「いいんです。事実ですから。でも、僕こそごめんなさい。桜さん見たら、一花さんに大切に思われていたのに一花さんを泣かしたんだって、ちょっと、カッとなってしまって」

「え。あ。そんなふうに思ってくれたの？　……ありがと」

「でも、僕のせいで一花さんが桜さんにバカにされてしまった」

「違うんだよ。桜は私のことが嫌いだからあんなこと言ったのよ。言い訳にしかならないけど、桜、小学校の時にひどいいじめにあってね。ちょうど母が亡くなった頃だったから気づけなくって。転校させてからは問題なかったけど、それからちょーっと性格歪《ゆが》んじゃったっていうか。後ろめたさもあって私たちも強く叱れなくなったから……今、こんなことになって反省してる」

「だとしても桜さんが一花さんにひどいことをしていい理由にはなりませんよね。僕のことは気にしなくていいです。外見がガリガリで気持ち悪いのも、わかってますから」

「あのさ。瑞喜は瑞喜でいいんだよ。確かに今はガリガリだけどさ。ほら、私がご飯作って太らせてあげるから。素材はいいんだからきっと美男子になるよ！」

「美男子になったら一花さんは嬉《うれ》しいですか？」

「ああ。まー、うん。そうだね、嬉しいよ」

それで瑞喜の自信が少しでも取り戻せるなら、いいと思う。きゅっと繋《つな》がれた手を握ってみた。ハッとして顔を真っ赤にさせて俯《うつむ》く瑞喜は可愛かった。

——可愛かった。

けどさ。

「瑞喜様、一花様、着きました」

「八島《やしま》、ありがとう」

「冷蔵庫にも頼まれていた食材を入れております。足りないものがあればご連絡ください」

「うん」

タクシーだと思って乗り込んだけど、タクシーじゃない……しかもなんか高級車なんだけど……。八島って誰だよ……。背中に冷たい汗が伝う。地下の駐車場で降ろされると目の前にはエレベーター。これ、あれだ、もう戻ってくることはないと思って乗った最上階に繋がる専用のエレベーター……。

「あのさぁ。やっぱり……」

「一花さん、僕、お腹すきました」

「ああ。うん」

しり込みする私。しかしバッグを人質に取られている。とりあえずご飯は作らないと……。

「お、お邪魔します……」

「一花さん、これからは『ただいま』ですよ」

上機嫌に瑞喜が言う。

「……お昼の用意、するね」

「はい！」

そんなに嬉しそうにされると困る。そして手渡されたのは白のフリルのエプロン。もうどうにでもしてください。

そうしてニコニコ笑う彼に、ため息をつきながらお昼ご飯を作った。

「これ、なんですか？　すごく美味しいです」

「ああ。蓮根《れんこん》まんじゅうだよ。いっぱい作ったから、たんとお食べ」

しかし、よく食べるなぁ。急にこんなに食べて大丈夫なのかな。今までの分一気に取り戻してるんじゃ……。

「僕、夢中になって食べちゃったけど、一花さん、ちゃんと食べれてますか？」

「気にしなくていいよ。瑞喜は好きなものを好きなだけ食べて。私もちゃんと食べるから」

この用意されていた玄米、めっちゃ美味しい。他の食材もなんかグレード高そう……。

「僕、幸せです。とても」

しかし、こんな顔見たら出て行くとは言えない……。

「食洗器……文明の利器」

ビルトインの食洗器に使い終わった食器を入れる。明らかに私とホームセンターで購入した調理道具だけが浮いて見える。よくもまあ、こんなの買わせたなって感じだ。この部屋にいる私と同じで、ちぐはぐしてる。

でも行く当てもないし。少しだけお世話になるしかないかぁ。早く部屋を探さないと。

「一花さん」

食洗器のスタートボタンを押すと、後ろから瑞喜が抱きついてきた。うん？　ちょっと、うん？

「ちょ……瑞喜？」

ストン、とスカートが床に落とされる。え、と思う間にニットの裾から瑞喜の手が入ってきた。スーハー、スーハーと首筋に顔を埋められて、いつの間にか胸を摑《つか》まれている。え、ブラのホック、いつ外したの？　薄いニット生地が瑞喜の指の形をはっきりと映し出していた。エ、エロいです。

「一花さん、したいです」

「はうっ」

探し当てられた乳首を指できゅっとつままれて、体が跳ねる。ニットがまくり上げられると、白いエプロンに乳首が擦れた。

「ああっ」

まあ、そりゃあ、もう一回はしちゃってるからさ。もったいぶるほどの体でもないし？　え、でも。ええ？？

首に熱を感じる。丹念に、丹念に舌で刺激される。それは、まるで……。

「あううっつ!!」

プツリ、と皮膚が破れる感触がしたかと思えば、恐ろしいくらいの快感が体を駆け抜けた。

な、に？　ジンジンする首の痛みと同時に今、私、イッちゃった？

ポタリ、ポタリと股の下に水溜《たま》りができている。まさか、私、漏らしたの？

ハアハアと脱力した体を瑞喜が後ろから支えていた。あまりの衝撃で頭がぼんやりする。

「一花さん、好き」

瑞喜は濡《ぬ》れたショーツを足から引き抜いて、膝裏に腕を回すと私を抱き上げた。僅かな力で肩を掴むと彼が笑ったように思えた。

「初めての時、意識ありましたか？」

「な、に？」

「あなたの血をもらったこと、覚えてます？」

考えがまとまらない。体が熱い。血の話？　それより……どうして、噛《か》んだの？

「血は、もう。処女じゃないから……」

「ああ、それは。血を売る場合の条件でしょう？　セックスするとまずくなるから。見知らぬ男の匂いのついた血なんて飲めたもんじゃないですからね」

「まずくなる？」

飲むって……なに？

「あなたは僕のパーフェクトフレグランスだから」

「ぱ……？」

お風呂場に連れて行かれた私は背中を壁にもたれさせられて、そのまま瑞喜の腕のなかに閉じ込められた。霞《かすみ》がかかったみたいにぼうっとする。とにかく瑞喜にされるキスが気持ちいい。ふわりとリンゴのような甘い匂いがする。頭を蕩《とろ》けさせてしまう匂い……。

「ふにゃふにゃになった一花さんも可愛い。ああ、いい匂い。一花さんの匂い」

こんなキス、してたっけ？

口内を暴れまわる瑞喜の舌を追いかけながら、瑞喜の唾液を飲み込む。

「一花さんが気にするだろうから軽く流そうかと思ったんですけど」

そう言いながら瑞喜がじっと私の姿を確認した。下半身は何も身につけていないし、エプロンの下はニットが捲《めく》り上げられていて『裸エプロン』に近い格好。瑞喜の目がギラギラと私を捕らえていた。

初めての時は痛くて気を失ってたはずだったんだけど、違ったのかな。もう、瑞喜が触れてくるすべてが気持ちよくて、自分の口から信じられないくらい甘えた声が出ている。

「一花さん、気持ちいいですね」

「ん、ん。うん……きもちいい」

エプロンからはみ出た胸をすくい上げながら、瑞喜が口の中で乳首を転がした。舐《な》められて、軽く噛まれて、それだけでも、また奥から愛液が溢《あふ》れてくるのがわかった。

「我慢できなくてごめんね……」

謝る瑞喜が私の足を押し開いた。私ももう、体が熱くて、熱くて、瑞喜が欲しくてジンジンして堪らない。手を首の後ろに回すと、瑞喜がまたキスをしてくれた。

「ぷはっ。うう……あ、あああっ」

瑞喜の昂《たかぶ》りを入り口に当てられたかと思った瞬間、もうそれは私の中に侵入してきていた。ズンと一気に奥まで到達すると、子宮の奥をコツコツとノックするように体を揺さぶられた。

「すんなり入るようになった……。嬉しい」

え、それってどういうこと？　昨日は一回しただけじゃないの？

「僕の形になじんだのかな。一花さん、見えますか？　僕たち繋がってますよ？」

体を繋げたまま瑞喜が私のお尻を持ち上げて、その様子を実況する。ヤメテ、恥ずかしくて死ねる。瑞喜が私に見せつけるように入り口まで抜いてもう一度グッと押し込んでいく。ゆっくりとその行為を繰り返すと、溢れてきた愛液でヌチャヌチャと音がしてくる。

「はぁ。ああぅ、ん」

「一花さん、痛そうだったから、昨日も噛みました。ヴァンパイアの牙からは催淫作用がある液体がでるから。でも、加減がわからなくて。そのせいで意識が飛んじゃったみたいです」

「ああっ」

「ほら、ここ。覚えてますか。一花さんの気持ちいいところ」

瑞喜が私の中で暴れまわる。そうして、一際どうしようもなく感じる場所を擦り上げられた。

「あ、はっ。ん、んー‼」

「気持ちいいですね、一花さん」

「はぅっ、うーっ」

ジュポジュポと瑞喜が出入りする音が激しくなる。私の膣《なか》は彼を逃すまいと、その性器に絡みつくようにうねった。

「ああ、一花さん、一花さん！」

感極まった声が遠くに聞こえる。私はもう何度イッたかわからなかった。

体の奥が熱い。

瑞喜の情欲がはじけた熱さだった。


「あのね。瑞喜。世の中にはセックスにもマナーってもんがあってね」

「うん」

「まだ結婚していない男女は避妊が大切だと思うの。避妊方法にはコンドームというものがあって……」

シャワーした後、着替えてから私は瑞喜に話をした。毎回中出しとは、どういうつもりだ。コンドームをつけるという意識はないのか。

「一花さん、あのね。コンドームでの避妊は百パーセントじゃないですよ？　それに僕は一花さんとは生でしたいです。もちろん僕は病気をもっていないし、まだ子どもを作れる準備ができてないから、そもそもできません。万が一できたとしても大切に育てるけれど、一花さんが心配ならピルを飲みますか？　処方してもらってますけど」

「え。処方してもらってるの？　もちろん飲む……あのさ。ちょっと、いろんなことを寄せ集めて思ったんだけど。瑞喜はその、ヴァンパイアなの……かな？」

「ええ。僕は匂いに恵まれなかった可哀想なヴァンパイア。一花さん、あなたは僕のパーフェクトフレグランスなんです」

避妊と、もう一つ引っかかっていたことを聞いたのだけど……。

さらりと重要なことを私に向かって言った瑞喜は、どこか自信に満ち溢れていた。


ヴァンパイア……だって⁉


結局、風呂場で一回、その後、ベッドで二回盛り上がってしまった。

どうしよう。ヤバイくらい気持ちいい。最初、あんなに痛かったのはなんだったんだ。

これでは体の関係も拒めない。瑞喜は優しく抱きしめてくれるし、頭を空っぽにして眠れる幸せ。桜のことも賢人のことも、遠い昔にあった出来事のように思えた。

翌朝、五時起きした。冷蔵庫の食材を確認して、また思いつく限りおかずを作る。浸しておいた玄米に塩を一つまみ入れてから、炊飯器にセットして野菜を刻んでいく。大きな引き出しには私が選んだ安物とは違い、誰もが憧れる高級なフライパンと圧力鍋が入っていた。……いつの間に買ったんだろう？　昨晩、下準備した小豆を炊く。砂糖もちゃんと甜菜糖《てんさい》が用意されていた。

瑞喜の食べっぷりを思い出しながら水切りした絹豆腐にひじきを混ぜた。お豆腐のハンバーグは向日翔もよく食べてくれていた。

セロリの筋を取りながら味見する。うん。十分美味しい。豆腐ディップでもいいけど、今日は浅漬けにしよう。

ベッドに横たわる瑞喜を思い出す。まさか、ヴァンパイアだなんて。

はあ……。

パーフェクトフレグランスってなんだろう。嫌な予感しかしない。

血の提供者って一生処女なのだと思ってた。まさか、セックスもしてたなんて。って、待てよ。私、瑞喜の提供者になるの？　え。でも、あれってなんか由緒正しい家柄の人しかなれないんじゃ……。どうしよう。何が正解かさっぱりわからない。そもそも瑞喜はちょっと落ちこぼれちゃってたヴァンパイアなの？　そんなヴァンパイアでも、こんな生活できてしまうのかな。すごいな、ヴァンパイア。

無心で料理をしていても瑞喜が起きる様子はなかった。やはり物語のヴァンパイアのように日の光には弱いのだろうか。

とりあえずは住むところを探してここから出ないと。こんな生活に慣れてしまったら後が怖い。荷物は最小限にして、いつでも逃げ出せるようにしよう。

「瑞喜、私、会社行ってくる」

朝ごはんは一人で済ませて瑞喜の頰をつついた。眠そうに眼を擦る彼は私の腕を引いて強引に抱きしめてきた。半裸でいるとは……艶めかしい。——ガリだけど。やっぱりもっと太らせないとね。

「一花さん、ちゃんと帰ってきてね」

「あ、う、うん」

「約束」

「やくそく……」

「これ、持ってて」

「なに？　カード？」

「この部屋のカードキー。使い方わかる？」

「え⁉　これ鍵なの⁉　ちょっと、それは……そんなに簡単に他人を信じちゃ……」

「僕を捨てないでね。拾って餌づけしたのは一花さんなんだから」

耳元で囁《ささや》かないで。気にしてなかったけど声もいいんだもん。でも、餌づけはしたけど拾った覚えはない。

結局、受け取ったカードキーの使い方はさっぱりわからなかった。とはいえ家を出たら鍵の閉まる音がしたから、大丈夫だろう。帰ってきたら瑞喜が開けてくれればいい。いなかったら、それを理由に逃げよう。そうしよう。

今日も眩《まぶ》しいくらいの天気だ。

「おはようございまーす。あれ？」

「おはよう、恵恋奈ちゃん」

よしよし、コーヒーは準備してくれていたようだ。粉まき散らしてるけど。後で流しを綺麗《きれい》にしとこう、と思っていたら恵恋奈が私をじーっと見ていた。

「なに？」

「芳野さん、化粧品変えました～？」

「え？　変えてないよ」

「そうなんですか？　なんか今日化粧のりいいですね」

「そう？」

言われてみれば瑞喜とヤリまくってた割には疲れもないし、なんだか肌の調子も良かった。そういえば、昔雑誌の特集で読んだことあるぞ。セックスで女は綺麗になるって。お

お、遅まきながら大人の階段ぶち破って上った私にも、その効果が⁉

トイレの鏡を見て自分でも確認する。確かに肌の艶もいい気がする。セックス、すごい。

デスクに戻ってパソコンを立ち上げながら、今週の予定を簡単にまとめる。急ぎの案件はなかったけれど、そろそろ仕込んでいたサンプルが上がってくるはずだ。

「芳野、ちょっと」

「なに？　葛城、今日は内勤？」

「そうだけど、昼一緒に行ける？」

「ああ、まあ。行けるけど、なんか用？」

「向日翔からメッセージもらってる」

「あー……、うん。後で説明するわ」

葛城が心配そうに私を見ていた。はあ。どのみち結婚話が流れたんだから話しないとな。実はこの爽やかイケメンの葛城は向日翔の『彼氏』である。そう、世の中の女性はこのカップルのために二人のイケメンを地上の恋愛対象から失ってしまったのだ。よって、どんなに恵恋奈が騒ごうが葛城がなびくことはない。

おのれ、大事な弟を……とは思うけど、性的指向を相談されたのは向日翔が高校生の時だった。散々悩んでゲイだと私にカミングアウトしてきた向日翔に、葛城を指南役に連れて行ったのは、何の運命だったのか。葛城に可愛い弟をかっさらわれたのは、引き合わせた私が悪いのか。まあ、どちらかといえば、というか完全に向日翔の押せ押せに根負けした葛城が向日翔を大切にしてくれているから文句は言わない。二人とも幸せならいい。もちろん父と桜には秘密である。

そういうわけで葛城には私の事情が筒抜けなのである。

「桜ちゃんなぁ……俺も初めは芳野の彼氏だと誤解されて、あることないこと吹き込まれたよ」

「そうだったんだ。良かったね、私が隠れ蓑《みの》になって」

「……感謝してる」

「幸せそうな顔しないでよ。こっちは婚約破棄なんだからね」

「三カ月で結婚決めるのは早すぎたんじゃない？　婚約ったって、プロポーズ済んでただけでしょ？　まあ、でもさ。芳野が大切にしていた妹だと知ってて、桜ちゃんに手を出したんだから。どうしようもない男だよなぁ」

「うん。正直賢人のことより、桜に嫌われてたことのほうがきつい」

「君たち親子はさ、桜ちゃんにお母さんの面影を追いすぎるんだよ。きっと桜ちゃんもそれがプレッシャーなんじゃないかな。それに向日翔にも言ったことはあるけど、いくら桜ちゃんがいじめられていた時に助けてあげられなかったからって甘やかさないで、ちゃんと桜ちゃんが自分で解決できることは、失敗するってわかっていても、見守ってやることも大事だと思うよ」

「……そうかも」

「もう桜ちゃんも子供じゃないんだから、ここらで芳野たちも桜ちゃんから離れた方がいい」

「……」

「それよりも。芳野、どこの誰で処女捨てたんだ？」

ぶほっ。

「ちょ、なんで、それ」

「むしろそっちの方が問題なんだけど。向日翔がめっちゃ心配してた。姉ちゃんがヤケ起こしたって」

「まあ、そっちは、勢いっていうか」

「相手誰よ。俺には言えるだろ」

「はあ。絶対、引かない？」

「引くような相手なのかよ」

「ああ。うん……」

葛城の強い視線に耐え切れずに簡単に端折りながら話をした。ヴァンパイアってところはちょっと悩んだけど、黙っておくことにした。これ以上ややこしくしたくない。

「二十歳……」

「すみません。すみません。すみません……」

「俺も人のことは言えないからな。でも、麻布のタワマン最上階の金持ちの息子って、すごいな」

「ガリガリだけどね。でもソッコーで部屋探す。太らせた頃には私に飽きるだろうし」

「芳野ってさ。結局誰かを見捨てるなんてこと、できないんだよね」

「……それで桜をダメにしたんだから申し訳ないよ」

「それは元々の性格もあっての話だからさ。同じ弟妹でも、向日翔はあんなに優しく育ってるんだから。俺には芳野を姉にもつ兄妹が羨ましく映るよ。でも一つだけ忠告してやるよ」

「なに？」

「そんくらいの歳の男の性欲なめんなよってこと」

葛城はまるで瑞喜が私から離れていかないような言い方をした。けどさ、私が言うのもなんだけど、瑞喜ってちょっと太らせたら美男子になると思うんだよね。髪型だって服だって今は野暮ったいだけで。そんで、将来を約束されたヴァンパイアでしょ？　お金持ちでさ。もうしばらくしたら私なんかと一緒にいるとは思わないんだよね。まあ、お金くれるなら血は提供してもいいけど。

今だけだよ、今だけ。お互いに慰め合って、甘え合ってもいいじゃない。

「お疲れさまでした」

「お疲れ〜」

終業時間通りに仕事が終わる。しばらくは仕事も落ち着いてるからこのくらいで帰れそう。今日は恵恋奈がパソコンのコードを引っ掛けて作業中のデータが飛ぶこともなかった。

「芳野さーん。待ってくださいよぉ。駅まで一緒に帰りましょ」

「恵恋奈ちゃん。私、ちょっと寄るとこあるから」

帰りに不動産屋に行くつもりだし、と廊下を歩くと恵恋奈がついてくる。

「あのー。今日葛城さんと二人でランチ行ってませんでした？」

「行ったけど。なに？」

「恵恋奈のこと、何か言ってませんでしたか？」

「えーっと、別に？」

「えー、ホントですかぁ。私、結構アピールしてるんですけどぉ。葛城さん、彼女いないですよねぇ？」

「ああ、うん。いないね。ところで本当に今日は寄るところがあるから」

『彼氏』はいるけど。とは言えない。世間の目はまだまだ厳しいからね。

なんとか恵恋奈を引き離して不動産屋の方へ足を向けたい。角を曲がったら走ろうと考えながら一階まで降りると、自動ドアが開いた時に声がかかった。

「一花さん」

「え。瑞喜⁉」

外に出たところで、なんと瑞喜が待っていた。

「弟さんですか？」

「あ、ええと」

「会社の方ですか？　いつも一花さんがお世話になっています」

礼儀正しく瑞喜が恵恋奈に頭を下げた。

「ええっ。芳野さんの婚約者って……」

そんな瑞喜を上から下まで見て、恵恋奈がニヤニヤと笑った。ああ、もう。桜といい、恵恋奈といい、性格が悪すぎる。不躾《ぶしつけ》な視線に晒《さら》したくなくて瑞喜の手をとった。

「恵恋奈ちゃん、お疲れ様。また明日ね」

「あ、お疲れ様です」

ぐいぐいと手を引いて恵恋奈との距離を置いた。瑞喜が手を引かれながらついてくる。

「一花さん、僕、大丈夫ですよ」

横断歩道前で立ち止まると瑞喜に声をかけられた。

「ふうぅ」

「一花さん、大丈夫だから」

瑞喜がギュッと後ろから抱きしめてくれて、もう涙が止まらなかった。

瑞喜は好きで痩せているんじゃない。

私だって好きで、いろんなことを我慢してきたわけじゃない。

桜や恵恋奈の蔑んだ顔が浮かぶ。

どうして、そんな目で見るの？

ただ頑張って生きてきただけじゃない。どうして悪意をぶつけてくるの。

私や瑞喜が何をしたっていうの……？

一度そう思い始めると、もう涙が止まらなかった。

思ってたより野獣

「ふううん……」

背中のホックを易々と外されて胸がフルリと解放される。やわやわとその柔らかさを楽しむように揉《も》まれてしまうと甘い声が零れ落ちた。

あれ、どうしてまた瑞喜とベッドで絡み合っているんだろう。ええと、横断歩道前で私が大泣きし始めて……そんな私を瑞喜が抱きしめてくれて、それで車にまた押し込まれて気づいたらこの部屋だ。

「一花さん。大好き……」

玄関のドアが閉まると同時に瑞喜の熱烈なキスが始まって、そこから抱き上げられてベッドに運ばれて……。

「僕のために泣かなくていいのに……本当に、もう……」

「ああっ、やあ……」

指の間に乳首を挟まれ、軽く引っ張られて刺激を与えられる。頭がフワフワする。

あれは……瑞喜のために泣いたんじゃない。瑞喜に自分を重ねて、勝手に私が嘆いて泣いただけ……。

悔しいのかな。

それとも悲しいだけなのかな。

瑞喜の指が躊躇《ちゅうちょ》なく私のショーツに侵入してくる。瑞喜に触れられると、どうしようもなく期待して体の奥から蜜が滴る。敏感な芽が擦られて快感で頭がおかしくなる。

「何も考えないで、一花さん。気持ちいいことしよう」

目じりに溜まった涙を、瑞喜に吸われてしまう。

「ん。ハア……。い、挿入《いれ》て……」

「うん。すぐに埋めてあげるからね」

「あうっ」

足からショーツが抜かれて瑞喜が潜り込んでくる。瑞喜が言ったとおりに私の膣は彼の形になったのか、すんなりその熱を受け入れた。

ズチュズチュと出し入れする水音がいやらしく脳内を犯して、私の思考を快感で埋めてしまう。たった三日で私の体はどうしようもなく、瑞喜が与えてくれる快感に溺れてしまっている。

「気持ち、い、いね、一花さん……ハア……」

瑞喜の欲に濡れた声に煽《あお》られて、体の温度が上がる。瑞喜が私の体で興奮しているという喜び。

やがて打ちつける腰の動きが激しくなって、瑞喜が射精するタイミングで私も絶頂に達した。


——綺麗な顔してる。

人差し指で瑞喜の前髪をかきわけると、綺麗な顔が出てくる。この辺にもっと肉がつけばなぁ。しかし、あんなところで大の大人が泣くなんて瑞喜も驚いただろうな。

「体、流してくる」

身じろいたのを察知して、瑞喜がぎゅうと私を腕に閉じ込める。そんな風にしてもらえる価値ないよ？　軽く笑って腕をポンポンと叩《たた》くと瑞喜の腕が離れていった。

「一花さん……」

「どうかした？」

「いなくならないで」

「うん……」

必死な瑞喜に、年上なのに甘えてる私。軽くシャワーで体を流したあと自宅から持ってきたスウェットを着た。ソファに腰かけてスマホを出すと、未練がましく残していた賢人の連絡先を消してSNSのメッセージをブロックした。

なにか連絡がくるんじゃないかと気になって一日に何度も確認してしまっていたから、これですっきりする。どうせこの三日間、メッセージは一つも入っていなかった。

好きだと思っていたのは私だけだったのかな。結婚しようって言ってくれた時は嬉しかった。いつから二人は私を裏切っていたのだろうか。桜はそこまでして私を不幸にしたかったのか。

「さて」

とりあえず、ご飯を作ろう。瑞喜を太らせて恩返ししよう。こんなに心が落ち着いてるのは彼のお陰だ。冷蔵庫を開けると今日もそこは食材で溢れていた。

「手伝う」

「ああ。うん」

タイミングを計ったように、シャワーを浴びてきた瑞喜が横に並ぶ。濡れた髪に少しだけドキリとしながら、ジャガイモを渡して洗ってもらった。

「一花さん、エプロンは何枚かあるから、汚しても大丈夫」

そう言って瑞喜がまた白のフリルのエプロンを渡してくる。昨日のことがよみがえって頭が沸騰しそう。あれ、後で掃除するのも大変だったんだから！

「いやらしいこと、思い出したの？」

「えっ」

艶のある声に肩がびくりと震えた。

「ふふ。ご飯を食べるまでは我慢するよ」

時々、この人誰？　って思う。あの、なんだか吹けば飛ぶような儚《はかな》さが薄れていって、自信が出てきた感じがする。やっぱり誰かに受け入れてもらえるって、こんなに気持ちを安定させるものなのかな。セックスってすごい。

そうしてガツガツ食べる瑞喜を眺めながら少し遅い夕食を取った。その後はソファでテレビを見ていると瑞喜に襲われて、またセックスした。

――そんくらいの歳の男の性欲なめんなよってこと。

葛城の言葉が頭をよぎり、これは大変なことになったと自覚した。

＊＊＊

「恵恋奈ちゃん、山内製作所さんに送る資料の説明するからついてきて」

「はーい」

「ここに今まで商品化した資料がファイルしてあるから。こっちの棚が専門店でこっちが百貨店関係ね。コラボとかライセンス物はここ。山内製作所さんに見本で送るのは以前百貨店とコラボしたやつだから……なに？」

「芳野さんの彼氏ってぇ、どこで知り合ったんですかぁ？」

「へっ？」

「毎日、お迎えくるじゃないですかぁ。熱心ですよねぇ」

「恵恋奈ちゃんには関係ないでしょ？」

「だって、気になりますよぉ。あの人、芳野さんに逃げられないか必死じゃないですか。まあ、でもあの風貌じゃあ仕方ないか～。ああいうタイプは、ちょっと優しくしたら勘違いしちゃうんですよぉ。芳野さん、三十前に焦っちゃったんですか？」

「焦ってないし、優しくて素敵な人だよ」

「ブフッ。一花さんアラサーにしてはイケてるのに、男の守備範囲広すぎですね」

「あのね、そうやって人を見た目だけで判断してると、あなたもそんなふうにしか見てもらえないよ？」

「お説教ですかぁ！　やーんこわーい」

　バサリと恵恋奈の前に資料を置いて黙らせる。何が面白くてこんな話ばかりしてくるのだろう。

「はあ」

「ため息つくと幸せが逃げるって言うぞ？」

「もうとっくの昔に逃げちゃったけど？」

「恵恋奈ちゃんがお前の彼氏のこと『骸骨くん』とか呼んでたぞ」

「ほんと、なんなの？　性格悪いよね。てか、彼氏じゃないし」

「彼氏じゃなかったら旦那だろ。よくもまあ、毎日飽きずに迎えにくるよな」

「……」

「ほらみろ、捕まると思ってたんだ」

あれから二週間ほど経ったが、毎日瑞喜が私のお迎えにくる。おかげで部屋探しが進まない。それよりも……。

「あのさぁ。前に言ってたでしょ、その……」

「なに？」

「あの歳の……ほらっ！　なめんなよってやつ！」

「あー……まあ」

「弟がそうだったと思うと寒気がするけど、これはいつ落ち着くものなの？」

「ちなみにどんなペース？」

「……平日最低二回、休日はエンドレスかも……」

「はあ⁉」

「シーッ‼」

「ちょ……、さすがにその回数は、やり殺されちゃわないか？」

「それがさあ、逆に体調いいんだよねぇ。不思議と」

「確かに、最近の芳野はつやつやで若返ったみたいにみえる」

「断る理由もなくてさ……早く飽きてくれないかな……」

「飽きて……ねぇ。芳野がそれでいいならいいけど、別れるなら早めにしろよ」

「私からは……ないなぁ。捨ててくれたらいいな」

「俺もそう思ってたけどさ」

「ああ。向日翔も相当しつこかったもんね……葛城は大丈夫だよ。相思相愛だし、あの子が手放すとは思えない。私の場合はさ……刷り込み？　みたいな感じだからなぁ。もうちょっと育ってきたら、きっと愛想尽かしてくれると思う」

なんてったってヴァンパイアだもの。今は好きって言ってくれたりするけど、これが続くとは思えない。一番の問題は、私が瑞喜をそこまで好きかどうかわからないところだよね。セフレみたいにして申し訳ないけど、そんなにすぐには気持ちも切り替えられないや。

でも、体の相性はいいのか気持ちいいんだよね……思い出したら反射的に濡れてきそうで怖い。

「一花さん」

会社を出ると今日も瑞喜が待っていた。葛城に軽く手を振って別れると、瑞喜が当然のように手を出した。いや、繋がないから。

「なんでこんなに必死なのかね」

フーッとため息をついてしまう。けれど瑞喜は今、身体的にも精神的にも助けが必要なのだ。何も考えずに今はそれに乗っかってようか。悪い大人でごめんね。

しかし、家探しはしておかないと。

「あのさ、瑞喜。今度の土曜日は出かけたいんだけど」

「どこへ？」

「どこって……ちょっと色々しておきたいことがあるし」

「僕もついて行っていい？」

「あー、あのほら。女の人には一人で行きたい買い物とかさ」

「……日曜は僕と一緒にいてくれる？」

「ちょっとさ、あの、不健全すぎない？　さすがに」

「じゃあ健全にデートしましょう」

「デート……」

まあ、それならいいかと土曜日の自由と引き換えに、私は日曜日のデートを承諾した。

正直、デートという響きは魅力的に聞こえた。

「お昼ご飯は冷蔵庫に入れてあるから好きなだけ食べてね。ご飯もタイマーセットしてるから自分でよそってね。じゃあ、ちょっと行ってきます」

土曜日、ベッドで寝ている瑞喜に声をかける。やっぱり彼は朝がとても苦手らしい。この時間は何を話しかけても、ぼうっとしている。ちょっと可愛い。

「何時に帰ってくる？」

「夕飯作るまでには帰ってくるよ」

「いってらっしゃい……」

「どうしたの？」

瑞喜が枕に顔を埋めて震えていた。あれ、どうかしたのかな？

「一花さんに『いってらっしゃい』って言うのが嬉しいんです」

「……いってきます」

うわぁ。可愛いこと言うじゃないか。いたたまれない気持ちになって、そそくさと出発した。だって、ここを出ていくために不動産屋をまわるんだから。

でもなぁ。このままでいい、ってことはないだろう。うんと年下に住むところも食費も光熱費だって払ってもらってる状態。社会人としてどうよ。でも、私がお金を出すのは拒否されてるからなぁ。ありがたいけど、ずっとは……だって恋人でもないし。

ヴァンパイアって結婚とかしないいんだっけ……ちょっとネットで調べたけど、血液の提供者はいても結婚とかって見当たらなかった。瑞喜に血は提供してもいいけど、普通に家庭持ちたい。未来がない関係って虚しい。

あー、イヤイヤ、ほんとは瑞喜が飽きた時、捨てられるのが怖いのだ。賢人や過去の恋人が桜を選んだように。

瑞喜が言っていたパーフェクトフレグランスというのはわからなかったけど、そもそもヴァンパイアは末端でも結構な財産を築いているらしい。まさに成功を約束された血統。好きだって言われてもなぁ。瑞喜には匂いという壁があるために、一緒にいられる人の選択肢がないわけだし、今のところ私は心休まる母親みたいなものじゃないかなぁ。まあ、セックスはしてるんだけどさ。

「そろそろ現実見ないとね」

グッと手を握り、地面に足を付けて、もう甘えていられないと決意する。そしてその意気込みのまま、ネットで予約した駅前の不動産屋に入った。

「今ねぇ。時期が悪いですよ」

「え？　でも、ネットで何件か、ピックアップしてましたよね？」

「そうなんですけどねぇ。人気の物件はすぐ埋まりますし。この辺しか残ってませんよ」

私がカウンターに行くと、予約したからか奥の席の偉そうなおっさんが飛んできた。そして私が数件選んでいた物件は、もう契約が決まってしまったという。代わりに見せてもらった物件は予算を大幅に超えていたり職場から遠すぎたりした。

「この辺じゃあ、うちが一番小回りききますから、他さん当たっても同じだと思いますよ？」

不満顔で店を出る時に汗をかいたおっさんに忠告された。でもさ、ネットで掲載していたのにソコはダメだなんて詐欺じゃない。

「なにが他さん当たっても同じよ……」

それから二軒ほどまわったけど、おっさんが忠告したように手頃な部屋は見つからなかった。

くそう、あのおっさんの呪いじゃないだろうなぁ。

せっかく一人で出かけたのに無駄足だった。仕方なく駅前で大好きなみたらし団子を買って帰宅した。

キョロキョロと他の住人がいないのを確認して、全然慣れない瑞喜の住処へと帰る。未だに堂々とコンシェルジュの前を通れない小市民。

「ただいまー」

「おかえりなさい！　一花さん！」

「……え、誰？」

私がドアを開けると、駆けつけて迎えてくれたのは眩い美青年だった。

シンプルだがブランド物の白のTシャツに、少しダメージが入った濃紺のジーンズ。細身のタイプのボトムスでないのは多分細さを誤魔化すためだろう。とはいえスラリとした体はまだ細いが、骨格は十分セクシーである。漆黒の髪はオシャレにカットされて、宝石のように煌《きら》めく青い瞳が覗《のぞ》いていた。美しく弧を描いた双眸《そうぼう》は長い睫毛《まつげ》に囲まれていて、スッキリとした鼻筋が完璧な左右対称の配置であるのを強調しているように見える。ふっくらとはいわないが、もう頬もこけてはいない。

眩しい。

直視できない。

なんだ、この美青年……。

「一花さん、どう?」

声は瑞喜なのに、今までのもさもさガリガリワンコの彼じゃない。おいおいどこで入れ替わったのよ。

「明日、デートでしょう?　だから、ちょっとおしゃれしようと思って髪を切ってもらったんだ。ついでに服も」

「そ、そう……」

そんなことでこんなにも変わるの??　毎日見てたから徐々に変わってたのがわからなかったのかな⁉

「へ、変かな?」

瑞喜と名乗る美青年がキラキラエフェクトつきで不安そうに私を見る。

「あ、いや、すごく素敵になって、驚いた」

『お前誰だよ！』なんてツッこんだら死刑になりそうなくらいの美しさだわ。

「良かった！　一花さんに気に入ってもらえるか不安だったから」

喜ぶ瑞喜が尊すぎる。ダメ、もう笑わないで。こんな輝くような笑顔をもらえるほど私の心はきれいじゃないの。

ヴァンパイアのポテンシャルをなめていたと、ようやくこの時悟ったのだった。


ニコニコニコニコ……。

私が作ったご飯を食べながら嬉しそうな瑞喜。私はなんだか食欲が失せてしまって、買ってきたみたらし団子を食べた。

「み、瑞喜も食べる？　私の大好物なんだ」

「いえ、僕は一花さんの作るものがいいので」

「そう……」

こんなみたらし団子すらダメなんて、今までどうやって生きてきたんだろう。しかし、慣れない。目の前のイケメンに慣れない。どうしよう、こんなイケメンとセックスしていたなんて。きっと罰が当たる。明日、逃げていいだろうか。

「あのね、僕、一花さんにデートで着て欲しい服があるんだ」

瑞喜がはにかみながら流行りのブランドの紙袋を渡してきた。ちょっと怖くて中身が見れない。

「え、とぉ……これは」

「あのね、僕の服とちょっとお揃《そろ》いになるんだ」

「へぇ……」

嬉しそうにしている瑞喜からそれを受け取る。

その日は『明日、デートだからね』と言って、瑞喜のエロ攻撃をかわした。ここにきて初めてセックスしないで寝た夜だった。

＊＊＊

「……うわぁ」

鏡の中には、シンプルだが上等そうなミントグリーンのワンピースを着た女の子が立っていた。いや、私やがな。思わず関西弁になってしまうくらいの衝撃。ちょっと待って。私ってこんなに肌つやつやしてたかな？　髪のキューティクルも半端ないんだけど、贔屓《ひいき》目に見なくても二十代前半に見える。

「一花さん！　可愛い！」

軽く化粧をしてリビングに戻ると、襟の内側にミントグリーンが入った白シャツ、ベージュのチノパンを穿《は》いた瑞喜がいた。

「あのね、僕のお願い聞いてくれる？」

「お願い？」

「ポニーテールにしてもらえませんか？　これ、リボンです」

「え。ポニーテール？」

お前、二十八歳の私に正気か？　と思ったけど私はこの時心に決めていた。

このデートで、ただれた関係はすっぱり解消しよう。そしてここを出て行こうと。

「……わかった」

最後のデートくらいは瑞喜の好きにさせてやろう。そう思って彼からリボンを受け取り、鏡の前で髪を結んだ。リボンもお揃いのミントグリーンだった。

「一花さん、バッグはこれね」

白い可愛らしいバッグも手渡される。持ち手がバンブーなんだけど、あの有名どころのバッグじゃないよね？　気のせいだよね？

私がバッグを受け取ると、瑞喜が嬉しそうに笑った。ちょっと、このプレゼントたちはやりすぎだと思う。いくら親からたくさん小遣いをもらっていても、それを私に貢いじゃいけない。

「あのさ、瑞喜。プレゼントは嬉しいよ。嬉しいけどさ、これはもらいすぎだし、ほら、ここに私を勝手に住まわせた上に、貢いだなんて知ったら親御さんが悲しむよ」

「え？　僕の両親がですか？　むしろ両親は僕がこんなに健康になったのを喜んで、一花さんに贈り物をしたいって言ってますよ？」

「ええ？」

「リゾート地の島でも買ってもらいますか？　バハマとか」

「ちょ、ちょっと待って。恐ろしい話しないで。贈り物は一切いらないってご両親に伝えてもらえる？」

「一花さんならそう言うと思いました。服やバッグは僕が稼いだお金なので気にしないでください。無理言って一花さんに着てもらうのだから受け取ってもらえると嬉しいです」

「稼ぐ？」

「一花さんに引かれるといけないと思って黙ってましたが、ここも僕が一括で買いました」

「え、ここって、このマンション⁉　い、一括？？」

「十年ほど前から色々遊んでたら資産が増えちゃって」

「へ、へー……」

恐ろしい。ちょっとどうすんの。この歳で億万長者かよ。

「さ、出かけましょうね。行き先は僕が一生懸命考えました。一花さんに喜んでもらえると嬉しいな」

瑞喜に手を取られて玄関に向かう。ダメだ、手を出しちゃいけない人に手を出しちゃった。

「一花さんのうなじ、美味しそう」

一週間前にかじられた首がその言葉にズクリと反応した。牙を埋められても吸血した後にすぐ傷は塞がるんだけど、なんとなく噛まれた感覚は残っているのだ。

痛いのはわかっているのに、その後にくる快感を体が求めてしまう。なんて恐ろしい。

「ああ、どうしよう。一花さんが可愛くて我慢できない。一花さんを食べてから出かけてもいい？」

「はあ⁉」

「少しだけ。すぐ終わらせるから」

「ええ？」

抗議する間もなく瑞喜の唇が私のそれに重なった。反射のように彼の舌を受け入れるとスイッチが入ったようになってしまう。甘く感じる唾液が私の体に吸収されていく。

「はあぁ。ダ、ダメ……出かけるって……」

「うん。出かけるから汚さないようにしようね」

素早くショーツを下ろされたかと思うと、すでにキスだけで濡れそぼってしまった私の入り口に瑞喜が潜り込んできた。

「かはっ」

きゅ、急すぎる！　しかも、深いぃっ。

「ああ、一花さん、すぐイキそう……」

「ああっ、ああっ……くうんっ！」

早く終わって！

ズチュズチュと奥をえぐられるように律動は激しくなって、あっさりと絶頂に達した。うう。立ったまま廊下の壁際で達してしまうなんて。欲望に弱い私のバカバカ！

「一花さん……大好き」

チュッと口づけをして、ずるりと瑞喜が私から出ていく。力なく壁を伝いながら座り込むと瑞喜のまだ収まっていない性器が目に入った。

「え、い、一花さん⁉」

吸い寄せられるように、瑞喜の性器を口に含んで舐め上げた。独特の性的な匂いが鼻に抜ける。これさえも美味しく感じてしまうのだから重症だと思う。チュッとリップ音を立てて顔を離すと、真っ赤な顔をした瑞喜がそれをしまって自分の身なりをさっと整えた。

しばらく放心していると温かい蒸しタオルを持った瑞喜が戻ってきて、局部を拭いて処理してくれる。いつも私の局部から流れる自分の精液を見て満足そうにしているけど、こういうのって征服感があるのかな。瑞喜が変態なだけかもしれないけど。

ショーツを私に穿かせて立たせてくれる。赤い顔をした彼に今度は軽いキスをした。

こんなデートは予想していない

出がけに我慢できないと襲ってくるとは……まあ応えてしまう私も私だけど。瑞喜からあふれ出る性欲を一人で受け止めきれる自信がなくなってきた……。昨晩我慢させた反動がこれならば怖い。

隣を仰ぎ見れば、私を見つめてニコニコと笑う美青年。これ以上何かあってはお出かけできないと手を繋ぐのはかわした。

——毎日二回以上するって、絶倫らしいですわよ、奥様！　すっきり爽やかに笑うこの美青年が、さっきまで私にホニャララを突っ込みあそばせていらしたのよ⁉　おほほほほーっ。

脳内のおばさまたちが囃《はや》し立てる。やっぱり、ダメだ。いつでもどこでもインスタントセックスしてる場合じゃない。

これは、これまでの人生でセックスを我慢していた反動なの？　え、それって私の何かが反応してんの？　私のせい？

「八島、出して」

専用のエレベーターから降りると黒塗りの車が待機していた。私は当然のように後部座席に押し込められ、隣に座った瑞喜は私の手をにぎにぎして超ご機嫌だった。まあ、にぎにぎぐらいなら……。

「あの……」

プレゼントされた服を着て、おしゃれな美男子と黒塗りの車に乗りこむ。これは恐ろしいプランのデートコースが用意されているのではないだろうか……。もし、そうなら……逃げるか。

「一花さん、水族館に行こうと思ってるんです。空飛ぶペンギン見たくないですか？」

「え。水族館⁉　もしかして池袋⁉　い、行きたい！　好き好き！」

あ……水族館と聞いて子供みたいに反応してしまった。頭の上を泳ぐペンギンたちが、おいでおいでと手招いていたんだもの！　ついでに、ペリカンも！

なんだ〜水族館に行くんだ。大丈夫、大丈夫……。はあ、心配して損した。なんかセレブ的なこと言われたら、どんなカーアクションして逃げようかと脳内シミュレーションしちゃったよ。

「一花さん、前に行きたいってテレビを見て呟《つぶや》いていたでしょう？」

よこしまなことばかり考えている私に瑞喜が破顔する。やめて、笑顔向けないで、薄汚れた私を見ないでってば。

「覚えてくれていたんだぁ、あはははぁ〜」

私のあほ面笑いにさえ動じない彼は、時折握った手に唇を寄せている。ひえーっ。あのさ、む、胸に肘当ててくるのは、わざとなの？　どうなの？

お姉さんはそんな子に育てた覚えはありません！

……あ、いや……育てちゃったのかも。神様、初心な男の子をこんなにしてしまって反省してます。

あたふたと後部座席で瑞喜の繰り出す攻撃をかわすこともできない私は、窓の外を見ることで耐えることにした。その間も彼は私に密着して、ポニーテールにちょっかいを出して楽しそうだった。

「瑞喜様、一花様、着きました」

スッと車が止まってドアが開けられた。瑞喜はさも当然のように先に降りてエスコートしてくれる。私はぺこぺこと頭を下げた。

「あれれ？　本日午前中は臨時休園って書いてあるよ？」

せっかく訪れた水族館は臨時休園の札がかかっている。メンテナンスでもしてるのかな、残念。楽しみにしてたのに。気落ちした私の手を引いた瑞喜は、そのまま札のかかったポールを無視して入り口に向かった。

「ダメだよ、お休みなんだって」

そう声をかけたのに瑞喜はどんどん入っていってしまう。入り口には支配人さん（？）が立っている。ほら、呼び止められちゃうよ。

「お待ちしていました。アンダーソン様。本日は午前中のみ、貸し切りとさせていただいています。終日取れなくてすみません」

「いえ、こちらこそ急にお願いしてしまって。ありがとうございます」

「へ？」

驚きすぎて目玉が落ちそうになった。なんて言ったの？　か、か、貸し切り⁉　嘘でしょ！

「さ、一花さん。行きましょう。アシカのパフォーマンスはいつでも始められるそうですよ」

オウオウ、と可愛らしいアシカの芸に苦笑い。すごいのに喜べない。観客、私と瑞喜だけだし。なに、これ。なにが起こってるの？　飼育員さんたちだってやりにくいよ。

上機嫌で手を繋ぐ瑞喜とは対照的に私の気持ちは沈んでいった。メインのペンギンを見に行ってもペリカンを見ても、いつもならずっと見ていられるのに早く帰りたかった。大好きなクラゲを眺めても全然気持ちは晴れない。ゆらゆら揺れるチンアナゴを見て水槽の前でもう立っていられなくなり、瑞喜の手を放してしゃがみこんだ。

「一花さん、具合でも悪いの⁉」

オロオロと心配してくれる瑞喜には悪いけれど、こらえていた言葉が涙と共にこぼれ出た。

「瑞喜、私、こんなの無理。こんなの私は望んでない。水族館って、家族連れやカップルがいて、みんなでワイワイ見るものじゃない」

「え？」

「麻布のタワマンの最上階も、高級ブランドの服も、人気の水族館貸し切りも……私には不似合いだしついていけない。瑞喜には私が辛い時に助けてもらって感謝してるけど、一方的に迫って童貞までもらって、申し訳ないけど……もう全部終わりにしたい」

「……」

「血は提供してもいいし、ご飯も作る。でも、もう一緒に暮らすのもセックスもやめたい」

一気に言った。言い切った。だって、もう限界だった。これ以上瑞喜になにかしてもらうのは無理。私はヴァンパイアとはつき合えない。地味でささやかな幸せでいい。

静かになった隣をそっと見ると瑞喜が顔色を失くしていた。

「い、一花さん……」

「う、うん?」

瑞喜は両膝をついて頭を抱えていた。ふ、震えている?

「うっ……」

次の瞬間、瑞喜が青い目に涙を浮かべて泣き出してしまった。

「え?」

わ、私が泣かした!? 泣いてたの、私だよね? 衝撃で自分の涙はすっかり引っ込んでしまった。

「こんなの、頑張ったって、ヒッ、ヒック……」

朝からセットされていた髪が瑞喜の手によってぐしゃぐしゃにされる。

「ま、まって、待って」

「いちかさんが、いなかったら……ヒッ、ヒック……うわあああん」

「あー……えー……えっと……」

瑞喜が大粒の涙をこぼしながら、縋《すが》るように私の両手を掴んだ。膝立ちになった私の膝に大粒の涙が染み込んでいく。

「き、嫌われた……い、いち、いちかさんに……ぼ、ぼく……」

「え⁉ ちょ、き、嫌ったりしてないよ⁉ ただ、ほら。生活の基準の違いがさぁ！」

「で、でも、いっしょに……嫌だって」

「あー。うー」

「ほ、ほんとは……家を探してるのも……し、知ってる……」

うわー。ど、どうしよう。修羅場になるとは思ってなかったんだけど！ こんなに瑞喜が私に執着するなんて思ってもみないじゃん。うっわー。しまったぁ！ やり方間違えたぁ。もっと穏便に話をすすめるべきだった‼

「ずびっ……捨てないで……捨てないでよぅ……一花さん……」

「あーだから……」

瑞喜に私を捨てて欲しかったんだけど……。いや、私が瑞喜を好きになって捨てられるのが怖かっただけか。もー！ わけわかんない！

「私はちょっと臆病なんだよ。ごめん。……瑞喜が素敵になって、しかも大金持ちで一緒にやっていける自信ないの。私は普通に家庭持って、つつましく生きていくっていう目標があるから」

「……一花さんが嫌なら見た目も戻すし、お金もいりません。だから一花さんの家庭に入れてください」

「ちょ、何言ってるかわかってる？　せっかく素敵になったんだから、かっこよくなっていいんだよ。それにお金は大事だから、そんなこと言っちゃダメ」

「でも、一花さんがいなければ、全部意味がないことです。一花さんが美青年になったら嬉しいって言うから……」

ええっ。言ったか？　言ったな……。

「……その、瑞喜は本気で私が好きなの？」

「当たり前です。伝わってなかったんですか？」

「そうじゃないけど……その、家庭ってのも本気なの？　あなた、ヴァンパイアでしょ？　その辺、どうなってるの？」

「それは……今は一花さんでもお伝えできません。一族に入ってくれたら話せますけど」

「そ、そんなものなんだ」

「厳しい決まりがあるんです」

「うーん……」

「一花さん、ちょっとでも僕との未来を考えてくれるんですか？」

「あのね、その、体の関係からだったし、私の精神ボロボロだし、気持ちも追いつかないままでどうしていいかわからない。瑞喜は好きだよ？　でも歳も離れてるし。……正直、家族愛に近いと思う」

「今はそれでもいいです。一花さんと一緒にいられるなら」

「そんなの瑞喜に失礼だよ。それに、やっぱりあの家は出たい……ダメかな？」

「嫌です、一花さん」

　ウルウルして見ないでょぅ。

「住むところ見つけたら、瑞喜はいつでもきていいことにするから……」

「合鍵くれるんですか？」

「う、うん」

　私がそう約束すると、ようやく泣きやんだ瑞喜にホッとする。なんか状況変わってない気もするが気にしない。これで堂々とあのセレブ部屋を出て行ける。

「お弁当、食べよ？　あ、ここ食べるスペースあるのかな？」

「……カフェのテーブルを用意してもらっています」

　瑞喜の顔を窺《うかが》いながら移動する。弁当は彼が持ってくれている。水族館のカフェのテーブルを借りた。注文しないのにすみません。てか、弁当の持ち込み、ダメだったんじゃ……。

「えっと。そんなに引っついたら食べられないよ」

　そう私が言っても瑞喜は恨みがましい目で私を見て、離れる様子はなかった。

「……一緒に住むところを探していいですか？」

「……いいけど。月七万くらいで探すからね」

「でも、それだとセキュリティが……」

「じゃあ……番犬として住み着く？」

「……!!」

途端にピシッと姿勢を正した瑞喜が私を期待のまなざしで見た。あ、いや……まずかったか。ヴァンパイアをそんなところに住まわせるのは……。

急に食欲が出てきた瑞喜は水族館を後にすると、私と一緒に不動産屋に向かった。

ご両親にご挨拶

「素敵な彼氏さんですね。同棲されるんですか？」

きっかけは店員のそんな一言だったのだが、そこから瑞喜の機嫌が急上昇した。

「一花さん、同棲しよう。半分払うならいいでしょう？」

「え、だって。あの立派な家どうするの？」

「あそこはあのままでいいでしょ」

「もったいないじゃない！」

「でも、一花さん、あそこだと出て行っちゃうんでしょ？」

「う、うーん」

「僕と同棲したら、月十五万くらいのところに住めますよ？　番犬つきで！」

……それって、なんかわざわざ越す必要があるのかって話なんだけど。なに、私がわがまま言ってんの？　でも、瑞喜がいなくなったら困る生活したくないいんだもの。

「……じゃあ、瑞喜のご両親にご挨拶して承諾もらったらね」

これで、どうだ。二十歳の息子に変な虫がついたと、きっと怒るに違いない。いくら瑞喜を太らせて感謝しているからって同棲となると別の話だ。そうだ、なんて名案なんだ！

「え」

「ん？」

ガタン、と瑞喜が席を立って、椅子がガチャンと後ろにひっくり返ったのを目で追った。

「一花さん、僕の両親に会ってくれるんですか？」

「え？　あーうん。同棲するならそうした方が良くないかな？」

「じゃあ、さっさと部屋を決めて両親に会いに行きましょう！」

「ええ……」

どうしたことか前は一つも見つからなかった物件が即見つかって、とりあえず仮押さえすることになった。もちろん、同棲用もキープしたけど単身用もキープした。ご両親が怒って反対したら一人で住むんだもんね。

「じゃあ、急ぎましょう。両親は僕が健康になったことを知って、イギリスから飛んできて今こっちで滞在してるんです」

また聞いちゃいけない単語を聞いた気がするけど聞かなかったことにする。これ以上、心の負担を増やさないでくれ。

再び黒塗りの車に押し込められて都内を走る。車は超一流ホテルのエントランスに横づけされた。……やっぱりね。

ギュッと腰に手を回されて瑞喜と歩く。行き先はスイートルームだった。

す、すごいな。

こんな一泊何十万のところに平気で連泊しちゃうんだ、瑞喜のご両親は。これは罵られても仕方ないな。いや、むしろ罵られなければ。実際に私の姿を見たら反対されるに違いない。

廊下をどんどん進んでいくと瑞喜が一つの扉の前で立ち止まった。呼び鈴のないドアをどうやって開けるのかと首をかしげていたら、ガチャリと内側からドアが開いた。

『タイラー!!』

『本当に、ああ!!　神に感謝しなくては!!』

外国の俳優かと見まがう男女が飛び出てくると、英語で何かまくし立てて瑞喜を挟むように抱きしめた。ずいぶん若い人たちだけど、瑞喜の兄妹??

『さあ、部屋に入って!』

男女に部屋の中へ入るように促されて瑞喜と足を踏み入れた。

「一花さん。僕の両親です」

「えっ⁉　ご両親⁉」

「初めまして一花さん。私はマクミラン＝イアン＝アンダーソン。タイラーの父です。息子を立派にしてくれて、なんとお礼を言っていいか」

「私は茜《あかね》＝ソフィア＝アンダーソンです。タイラーの母です。あなたには感謝してもしきれません」

どう見ても両親という歳ではない。しかも日本語が上手。

「え、と。芳野一花です」

自己紹介するとご両親にふわりと抱きしめられた。そして二人とも私の首の下あたりをクンクンと嗅いだ。え、私、臭い？

「さすが、タイラーのパーフェクトフレグランスだ。なんて魅惑的な香り。これは攫《さら》われないように気をつけないと」

「ええ。タイラーの香りと混ざり合って至高の香りになっているわ。ああ、でもこれではレオンが黙っていないわね。いい気味だわ」

え。ちょっと。なんの話でしょうか。

「タイラーって瑞喜のこと？」

「そうだよ。でも一花さんには、瑞喜って呼んで欲しい」

「あのさ、瑞喜のご両親はイギリス国籍なの？」

瑞喜に聞くと、それに答えてくれたのはマクミランさんだった。

「ふふ。ヴァンパイアに国籍など不要ですよ、お嬢さん。僕はイギリス生まれですが、イギリスにいたのは茜が気に入った城があったから購入しただけで、定住していないのですよ。ヴァンパイアがあまりひとところにいると経済が回らないからね」

「そ、そんなものなのですか」

「日本も人気ですよ。特に精進料理とか食べ物が美味しいから。茜の故郷でもあるしね」

「茜さんは日本人なのですか」

「ええ。タイラーの黒髪は私に似たの。この子は特別なヴァンパイアだから食事が難しくて。あのままだったら痩せ細って死んでしまっていたわ。やっぱり日本にやって正解だった。一花さんに出会えてタイラーは最高に幸せだわ！」

「あのね、父さん、母さん、一花さんは僕と同棲するのに二人の許可を取った方がいいって提案してくれたんだ」

「なんて礼儀正しいお嬢さんだ！」

「ほんと、いい人で良かったわ！」

ちょ、罵られにきたのにこの歓迎ムード！　ま、まずい！　そ、そうじゃない!!

「わ、私、瑞喜さんより、八つも年上なんです！　それに貧乏な家の生まれです！　あと、頭もよくないし息子さんに釣り合いません！　それに、瑞喜さんには立派なお家があるのに他を探して同棲するなんて不経済です！」

「年齢なんて！　あははっ。私なんてマクミランの二十も上よ？　それにお金なんて腐るほどあるのだから、まったく関係ないわ。タイラーのことを大切に思ってくれてそんなことを言うなんて。なんて慎ましい人なのかしら！」

「そうなんだ！　母さん！　一花さんは今の家で僕にお金を使わせるのが嫌だって、僕のことを思って、もっと小さい家に住もうって言ってくれているんだ」

「ほう。だが、今のところも、セキュリティは万全とは言えないのに」

「あらあ。タイラーが側にいるならそれ以上の安全なんてないじゃない」

「それもそうか。狭いところのほうが恋人たちにはいいのかもしれないな」

「まあ！　あなたったら！」

「それじゃあ二人にも了解を取ったし、さっきの物件の契約を進めるね」

「えっ！」

瑞喜がスマホをささっと操作して不動産屋に連絡を入れる。そ、そんな……。

「一花さん、タイラーを救ってくれてありがとう。ずっと一人で孤独と飢餓感と闘ってきたこの子に、こんな奇跡が起こるなんて。本当に感謝してます」

涙すら浮かべている瑞喜のお母さんに、なんて言葉をかけるべきだろう。

「一花さん、来週には入居できるって」

「……ああ。そう」

なんだか、ドツボにはまっていっているような……。

「父さん、母さん、僕たちはこの辺で失礼するよ。デートの途中だったんだ！」

「まあ、そうだったのね。タイラー、また顔を見せてね」

「愛してるよ。タイラー」

再びご両親が瑞喜を抱きしめた。それを見てわかってしまった。瑞喜が二人と接する時には息を止めていることに。


手を振る瑞喜のご両親に別れを告げホテルを出ると、瑞喜はやっとまともに息が吸えたようだ。

——ずっと、一人で孤独と飢餓感と闘ってきたあの子に、こんな奇跡が起こるなんて。

茜さんの震えていた声を思い出す。瑞喜の体質のことは私が思っているよりもずっと大変なことだったのかもしれない。

「茜さんがお父さんより二十も年上って冗談だよね？」

それには瑞喜は曖昧に笑うだけだった。——やっぱり冗談よね。

「瑞喜って今までどこで、その、過ごしてきたの？」

「僕ですか？　日本にきたのは半年前くらいです。それまではアメリカの研究機関にいました」

「半年？　日本語上手すぎない？　研究機関て。え。研究員なんだよね？」

「語学習得は数日もあれば……母も日本人ですしね。学業はスキップして十歳の時にはもう終わってます。一応、博士号は取ってますけど、僕の場合は自分に適性のある血液を探すのが目的みたいな研究でしたから」

「それって……もしかして生死にかかわるから？」

「そうですね。中国、ロシア、アメリカのように、人口の多いところから適合者を探し始めたんですが、なかなかいなくて。もう無理かと思った時に母の故郷へ行ってみようと思いついたんです。まさか、一花さんと出会えるとは思ってもみませんでした」

「もしかして、あそこで出会ったのって」

「そう。あなたを待ってたんです。実は日本の血液パックに僕の適合者がいたのですが、日本の制度では情報開示してくれなくて。でも大体の出どころはわかったので、あそこで待ってました。十七日目で会えたのは幸運でした」

「……」

　と、いうことは私がもしも賢人と先にセックスして、あの施設に行くことがなかったら瑞喜はやせ細って……。

「僕は、奇跡を手に入れました」

　そう言って笑う瑞喜に言葉が出ない。ああ。もう、拒否なんてできやしないじゃない。

「私は瑞喜に想ってもらえるような、いい人間じゃないよ。自分勝手に瑞喜を利用してセックスしたんだから」

「一花さんがどんな状況だったにせよ、僕は幸せだったし、あなたが好きです。今は何も考えずに側においてくれませんか？」

「……まるまると太らせたら追い出してやるんだから」

「一花さん、大好きですよ」

そんなに切なそうに見ないでよ。ほだされちゃうから。

「その、研究を続けたら瑞喜の体質もよくなるの？　さっき見ちゃったんだけど、ご両親とハグする時、瑞喜は息を止めていたよね？」

「ああ……。まあそんな研究をしています。普通に接する分には大丈夫なんですよ。食べ物も食べなければ別に匂いも気にならないです。でも、力の強いヴァンパイアは香りもきつくて」

「匂いなんてした？」

「一花さんはまだわからないかも」

「え？」

「ねえ。一花さん。夜景の見える場所に行きましょう。もう少しつき合ってくれるでしょう？」

「うーん……」

またあの黒塗りの車か……。あれも嫌なんだよねぇ。

「じゃあさ、私のとっておきの場所教えてあげようか？」

「え……一花さんのとっておき？」

「その前にご飯食べようよ。無農薬野菜の食べ放題のとこ知ってるから。それなら食べられるでしょ？」

「はい」

「私も遠慮なくご飯食べられる人と食べるのは嬉しいよ」

「はい！」

ニコニコ笑う瑞喜は可愛い。手を伸ばしてきた瑞喜を拒否できるわけもなく、私の左手は彼の手の中に納まった。

あなたと見たい夜景

「こっち、こっち」

駅で瑞喜のために切符を一枚購入する。私の分は通勤用の定期がある。彼は面白そうに改札機に切符を通していた。

「どこに行くんですか？」

「ひみつ」

そういうと瑞喜がなんだか嬉しそうにしてる。

「なあに？」

普通、教えてくれってふてくされたりしない？

「だって、一花さんが秘密にしたいこと教えてくれるんでしょ？」

「え？　……まあ、そうだけど」

ダメだ、イケメンは何してもイケメンだから。握っている手をきゅっと締めないで欲しい。私の心臓も一緒に跳ねてしまう。

「あ、電車きたよ」

プシューっとドアが開いて車内に入ると瑞喜が楽しそうにキョロキョロとした。

「乗ったことある？」

「新幹線には」

「ふーん」

出入り口に立つと後ろに瑞喜が立った。外はすっかり暗くてガラスに映る彼をじっと観察した。かっこよくなりすぎて直視できない。ガラス越しくらいがちょうどいいよね。

あーあ。いろんなこと聞かなきゃよかった。ヴァンパイアなんて、なんでも持っていて、お金持ちで、美形で、最強だと思うじゃない。

なのに。

瑞喜は小さいころから、両親に抱きしめられたくても抱きしめてもらえなくて。匂いに敏感なせいでご飯もまともに食べられなかったんだ。

ここのところ一緒にいるからわかるけど、どうやら私が手を加えたものは匂いが変わる？　らしいので、なんでも食べられるけど、それ以外のパックから出したものは、あまり手をつけなかった。ホントに野菜と果物くらいが限度なのかも。さっきの食べ放題で彼が食べたのは生野菜だけ。ウサギでももうちょっと食べるだろう。しかも、外食は嫌だって言えばいいのに『一花さんが食べているのを見るのも幸せ』とか言って笑ってるし。

帰ったら残してある玄米ご飯を温め直しておにぎり作ってあげよう。

六駅ほど通過して電車が止まると、私は瑞喜の手を引いて電車を降りた。日曜日のホームはもう人もまばらだ。人けの少ない改札を出ると住宅街を通って坂道を上がる。細くて長い石の階段を上がると小さな広場に出た。

ベンチが二つしかない小さな高台の広場。そこに瑞喜を促して二人で座った。

「派手な夜景じゃないよ。東京タワーやスカイツリーが見えるわけじゃないし。でも、あの光のひとつひとつが誰かの家の光だって思うと、もう一日頑張ろうって思えるの」

「一花さんはここで元気をもらってたの？」

「え⁉　あー、まあ。母親のこととか、辛い時期もあったからね」

「……そんな大切な場所に連れてきてくれてありがとう」

「ははは。なーんにもないだけの場所だけどね。もともとここ、通ってた高校の近くでさ。その頃はよくきていたんだ」

「僕、やっぱり一花さんのこと好きです」

「あのね。私の血とか匂いが魅力的にみせているだけじゃないかな？　瑞喜にはもっと素敵な女性が似合うと思う。私に合わせて生活レベルを落とすようなこと良くないよ」

「ヴァンパイアにとって匂いは大事ですよ。僕、あの時一花さんと出会ってなかったら、死んでました。けれど、もし一花さんが嫌な人だったら、そのまま死んだと思います」

「……そこはどんな相手でも縋ってみようよ」

「え？」

「私の母は生きることに縋ったよ。結局亡くなったけど、最期まで私たちのために辛くて苦しい治療も我慢して『死にたくない』って涙を流して亡くなった。それって、きっと私たちのためだったと思う」

「……」

「ご両親はあなたに生きて欲しいって、そう願っていたんじゃない？」

「それって、一花さんに縋っていいって聞こえる」

「血は提供してあげるよ。んで、まるまると太らせる」

「太らせたら食べてください」

「それは……もう食べちゃったじゃない」

瑞喜の手が私の頬に添えられた。

彼の豪華なマンションからは東京タワーと素晴らしい夜景が見える。それに夜景を見に私を連れて行こうとしたのは横浜だったって知ってる（雑誌転がってたし）。

豪華な夜景ももちろん素敵だけど、私の心を満たすのはここの夜景だった。くじけそうな時も母が亡くなった時もここにきた。

ギシ、と古いベンチが瑞喜の体重移動で悲鳴をあげた。

じわり、と唇の体温が私に移る。

――瑞喜と心のこもったキスをしたのは初めてだった。


「一花さん、抱っこします」

「え？　なに？」

「靴、無理に履いてもらって、すみませんでした」

「あ、バレた？　でも歩けるから大丈夫。あー……コンビニ寄ってもいい？　絆創膏《ばんそうこう》買うから」

「ヴァンパイアをなめてもらっちゃ困ります。もっと、もっと一花さんには甘えて欲しい」

にっこり笑う瑞喜が私の膝裏に腕を入れて易々と抱き上げた。

「うわっ」

「八島が下で待ってくれていますから」

「え、いつの間に連絡したの？」

「一花さんにちょっと見せてあげようかな」

「何を？」

「ここから下まで一花さん抱えて一気に降りるよ」

急な長い階段の先を見下ろしながら瑞喜が言う。う、嘘でしょ⁉

「きゃあああああっ……」

瑞喜が地面を蹴り上げて、私を抱いたまま空中に躍り出た。空気に吸い込まれそうな弱くかすれた私の叫び声と共に、体がふわりと浮く感覚。思わず瑞喜の首に腕を回してギュッと摑んでしまった。だって、と、と、飛んだし‼

タン！　と軽々と着地した瑞喜が、肩に顔を埋めていた私の額にキスをした。恐る恐る見上げると、さっきまでいた階段の一番上が、うすぼんやりと見えた。

あそこから、私を抱えて？　一気に階段を飛ばして降りたってこと⁉

す、すごい。

「さあ、戻りましょう。明日からは本格的に、引っ越しの準備をしましょうね」

靴を脱がされた私は抱き上げられたまま、迎えにきてくれた八島さんがドアをあける車に乗せられた。

「いい匂い」

瑞喜が私の首筋に顔を埋めて匂いを堪能している。

「や、ちょっと！」

そのうち我慢できなくなったのか、軽く吸いつき始めたので手で押して留めた。

「ちょーだい、一花さん」

「血?」

「うん。欲しい」

「こ、ここじゃ、ダメ」

だって、瑞喜が嚙んだら確実にエッチしたくなるもの。

「八島は気にしないよ?」

「私が気にするし」

「じゃあ、靴擦れした足を舐めさせて」

「嘘! ヤダ! 一日中パンプス履いていたのに! 臭うってば!」

抵抗したのに、足を持ち上げられて座席に転がされる。屈辱に耐えていると、瑞喜が私の踵《かかと》を舐めた。

「いっ」

べろりと舐められて痛みが走るけど、首を嚙まれる時と同じように傷が塞がっていく。

ヴァンパイアの唾液ってすごいかも。

「な、治してくれてありがと! でも、汚いからもうダメッ!」

瑞喜から足を離して座席にちゃんと座り直す。八島さん、今のは治療の一環ですから!

心の中で言い訳をしながら隣を見れば、舌なめずりしている瑞喜がいた。こんな恥ずかしい思い、誰のせいだと！

あれ？　これも血を飲んだことになるのかな？　えーっとぉ。な、なんかスイッチ入ってない？

「我慢できません」

「え。だ、ダメ、ダメ！」

私の声でウィーンって機械音が鳴った。なに？　と思ったら八島さんとの間にスモークガラスが現れた。ど、どういうこと⁉

「ほら、後部座席の窓もスモークですし。ね？　外からは見えませんから」

「ね？　って言われても！　見えなくても……んーっ、んんーっ」

瑞喜が私の唇を奪いながらのしかかってくる。ちょ、首！　舐めないで！　そこ条件反射でゾクゾクするんだから！

「ねえ。一花さん。出がけにしたから、残ってるかな？」

「え、なに？　残ってる？」

「僕のせーし」

瑞喜の言葉で顔が真っ赤になったのが自分でもわかった。そんな卑猥な言葉を耳元で囁くなんて！

「あうぅっ」

私のだらしない体はパブロフの犬のように、瑞喜に触れられるだけでたらりと秘部から涎《よだれ》を垂らす。私の耳を唇で食みながら彼の指がショーツの上から割れ目をなぞった。

「僕のこと誘う匂いがしてきた。一花さん、入り口擦られるの好きだもんね」

ウン、好き好き。——なんて言わないぞ！　そう、思ってても言わない‼

クロッチの隙間から入り込んできた瑞喜の指は、そこが十分濡れていることに気づいたのだろう、耳元でフ、と笑うのがわかった。くそぅ。恥ずかしいよう。さっきまでこんな関係、終わらせようとか言っていた女が情けない！

「ね、ダメだって」

「でも、ここは僕の指、美味しそうに食べちゃってる」

瑞喜の指がクッと差し入れられた。

「さっきから、な、なんなの⁉　あ、はぅっ」

そんな卑猥なことばかりいう子に育てた覚えはありません！　ああ、でも完全に私のいいところを覚えられている。やあ、そこ、ダメだってぇ。

「ああん、い、ちょ、はあああん！」

ちゃぷちゃぷ音がして中をしつこくこすり上げられる。車の中なんてダメなのに私の膣《なか》は瑞喜の指を離すまいと喜んで咥《くわ》えこんでいた。

「僕がこれからも好きでいるのは一花さんだけ。覚えておいてくださいね」

「ふ、ふぅ、ふううっ、や、シ、シートが、よごれちゃう……」

「気にしないで一花さん……ハア。イっていいよ」

「あぁーっ」

いやらしく暴れまくった瑞喜の指で簡単にイかされて、溜めこんだ熱をハアハアと息を吐いて体の外に逃がす。

しばらく瑞喜に抱き込まれていたら、いつの間にか車は止まっていたみたいだった。

「瑞喜様、到着しました」

「……ありがとう、八島」

さっと私の服の乱れも整えて、また瑞喜に抱き上げられる。くったり力の抜けた私はされるがままだった。

「一度繋がってからシャワーにしようね」

エレベーターの中で散々唇をむさぼった瑞喜が玄関のドアを閉めた瞬間、性急に私の中に潜り込んできた。

「み、瑞喜⁉」

壁に押しつけられて足を広げられる。片足に引っかかったショーツはもう何の意味も為さなかった。

「ん、はああっ」

ズチュリと深く潜り込まれて、後ろから激しく犯される。求められて私の膣は瑞喜を離すまいと収縮を繰り返す。

「ん、ハァ、……一花さん、そんなに締めつけたらすぐでちゃうから」

「ちょーだい。いっぱい。熱いの……」

「一花さんっ」

ガブリ、と瑞喜が首を噛んで皮膚が破けた感触がした。ジュッと血が吸われるのと、恐ろしいほどの快感が迫るのは同時だった。

「いっ……!!　あぁっ、あぁっ、あぁーっ!!」

「くぅうっ」

瑞喜の艶のある唸《うな》り声で求めていた熱が放たれたのがわかった。

気持ちいい。すごく。きもちいい。

ああ。

もう、どうにでもなればいい。

三章

『骸骨くん』はイケメンだった

「くはぁあああっ」

朝から山盛りの料理を作ってから、瑞喜を置いて出勤した。会社までの道のりに昨日の出来事を思い返すと、もう叫ばずにはいられない。玄関でして、お風呂でして、最後はベッドでとか……瑞喜が止まりそうもない。しかも私も首を噛《か》まれて血を吸われると、そこからはどんな淫乱だというくらい彼を求めてしまう。

ああ。

これで体調不良になったりしたら止められるのかもしれないけど、恐ろしいのはセックスするほど体が軽いのである。瑞喜……恐ろしい子。

どうした私の理性！　どこへ行ったのだぁあ!!　年下の男の子をたぶらかすような女じゃなかったはずなのに！

結局、瑞喜に生活ランク下げさせて同棲《どうせい》したんじゃ意味がない。

「はあ」

「ため息ついたら幸せが逃げるらしーですよぉ。おはようございます！　芳野さん」

それ、ちょっと前にも誰かから聞いたセリフ。会社の下で会った恵恋奈は白のワンピに総レースのカーディガン。花のモチーフの揺れるピアスまでつけて、一見清楚《せいそ》系を装ったあざとく気合の入ったいで立ちだった。仕事する気があるのか？

「恵恋奈ちゃん……おはよう」

「芳野さん……この土日でプチ整形しました？」

「はあ⁉　何言ってんの⁉」

「あーいや。肌の張りがすごいから……ヒアルロン酸でも打ったのかと」

「してないわよ」

例えそうだったとしても本人に聞くか⁉　ほんと失礼だな。

「それはそうと、恵恋奈ちゃん。今日、合コンでも行くの？」

葛城のことやっと諦めたのかな。

「それがぁ。聞いてくださいよぉ。今夜はパパに山菱《やまびし》商事のパーティに連れて行ってもらえるんです！　なんとそこに、吉井一花の恋人って言われてるヴァンパイアが出席するんです！　生で、生でヴァンパイアが見れるんです！　すごくないですかぁ⁉」

「……うん。す、すごいね」

別のヴァンパイアにならもう会ってますけど。しかもあなた、『骸骨くん』とか言ってたけど？

「あー。吉井一花って一文字替えたら芳野一花。芳野先輩にそっくりな名前ですよね！　はあー、一文字差っておおきいですねぇ！」

「恵恋奈ちゃんて、ほんとに失礼だよねぇ……」

桜にも同じこと言われたっけな。そういえば、血液売る時に使ってた偽名が『吉井一花』だったな。

あの施設の紹介を母の友人から受けた時に言われたんだよね。後で、間違えました〜って言えるくらいの偽名を使えって。昔、ビーガンの人が本名使ってて、どこかで調べられてはぐれ者（ってなんだ？）のヴァンパイアに襲われたことがあるとかないとか。まあ、あの施設に行くことはもう一生ないけれど。

私は当分このまま瑞喜の専属で……でもアレ絶対にセックスももれなくついてくるんだけど。噛まれたら、もうたまんなくなるし。て、ことはヴァンパイアの血の提供者ってみんなしてるのかな……ひぇっ。考えないようにしよっと。


明日の取引先との資料を揃《そろ》えていたら終業時間をずいぶん超えてしまっていた。さっきから恵恋奈がソワソワして使いものにならない。先に帰しちゃった方がいいかもね。

「あれ？　恵恋奈ちゃん、ここに置いてた生地見本知らない？」

「え？　見本ですか？　古いヤツはシュレッダーかけてって芳野さんが言ってましたよ

ね？」

「それは、こないだ頼んだ資料室の年度の古いものだよね？　五年前までは残してってって言ってるし。しかも、それとここに置いてあった見本は完全に関係ないよね？」

「あ……そ、そうでしたぁ？」

「まさか……」

「ごめんなさーい！　つい一緒にシュレッダーしちゃいました」

つい、大事な生地見本をシュレッダーに放り込んでくれたってこと？　わざわざしなくてもいいことを？　もうこれ嫌がらせの域に達してるけど。ほんと何してくれてんの！

怒りでくらくらする私に対して、チラチラと時計を見る恵恋奈。

「すみませんでした〜。あのぅ。謝ったんでぇ、帰っていいですか？」

はあ⁉

「え、ちょっと。明日取引先にもっていく生地見本をダメにしちゃったの、恵恋奈ちゃんなんだよ？　そこに罪悪感とか責任感はないの⁉」

「でもぅ。ヴァンパイアが生で見られる機会なんて、もう一生ないかもしれないもん！」

もん、とか言うな。仕事しろ。それに、ヴァンパイアはもう見てる！

「まあまあ。芳野。な？」

そこで私たちの会話を聞いていただろう室長が間に入った。だいたい勝手に私を恵恋奈の教育担当にしているのは室長なんだから！

「室長。だったら室長が作り直してくれます？」

「あーいやぁ……その、それって絶対いるの？」

「生地決めなきゃいけないのに、いるに決まってますよね！」

「お疲れさまでしたぁ！」

「あ！　こら！」

逃げるように恵恋奈がドアの向こうに消えていった。ああ！　もう！

「最近の子は仕方ないねぇ。じゃあ、まあ。芳野、頼んだよ。ほら、先方さんだって初めてじゃないんだから、なくても何とかなるって」

「ええ!?」

いい加減なことを言い放って室長まで帰って行った。何回商談してようが素材も見ないで選べるわけがないだろう！　もう！　バカなの!?　空っぽになったデザイン室で暴れたくなった。こんな時、葛城がいたら手伝ってくれるだろうけど出張でいないし。はあ、これ資料全部集め直しなんだけど。

ムカついたので室長の秘密のおやつ箱を恵恋奈の引き出しに突っ込んでおく。明日、恵恋奈に食べられて悲しみの叫びを上げるがいい。

重い腰を上げて品番と照らし合わせて生地をカットする。これ終わんないと帰れないし。あ、そういえば瑞喜に連絡しておかなきゃ。また迎えにきてるかもしれない。そう思ってスマホを出すとデザイン室のドアが乱暴に開いた。

「ハア、ハア、ハア……」

「え、恵恋奈ちゃん、戻ってきてくれたの⁉」

そこに現れたのは息を切らした恵恋奈だった。やっぱり、罪悪感あったんだね！　人でなしだと思ってごめんよぉ!!

「一階の植え込みのところに、今日は骸骨くんじゃなくて超絶イケメンが立ってるんですけど……」

「え？」

「声かけたら、芳野さんまだですかって言うんですけど」

「……まさか、それで戻ってきたの？」

「ほかに、どんな理由があるって言うんですか！　で、誰なんです⁉」

「だ、誰って……」

「芳野さんの知り合いなんですよね⁉　ね⁉　私、チョー好みなんです!!　紹介して下さい！」

「紹介も何も、何度も会ってるじゃない」

「え？　でも弟さんじゃないですよね？　弟さんにも会ったことないですけど」

「恵恋奈ちゃん、陰で……でもないな、堂々と『骸骨くん』ってあだ名つけてたよね？」

「え？」

「それも注意しようと思ってたの。そんなあだ名つけるなんて、ひどいよね」

「……う、嘘《うそ》ですよね？」

「何が？」

「あの人が『骸骨くん』って」

「……間違いなく、私をいつも迎えにきてくれてる人だよ」

「うそぉ!! 嘘ですよぉおおお!!」

「なんで嘘なんか……」

「じゃあ、じゃあ芳野さんの彼氏ってことですか!?」

「彼氏じゃないけど……」

「と、とりあえず私はパーティに行きますけど……今度紹介してくださいよ」

そう言い残すと恵恋奈はさっさと部屋から出て行ってしまった。

「はあ!? ちょ、それだけ言うためだけに帰ってきたの!? う、嘘だよね!?」

ムキーッ！ あいつ！

許さないっ!!

はーっ。もうほんと、どいつもこいつもろくでもないんだけど！ でも、やっぱり瑞喜が迎えにきてくれていたんだ。今日は遅くなるって言っとかないと。今回のこと絶対、社長に文句言ってやる。これはひどすぎる！

深くため息をついて下に降りると何やら外が騒がしかった。

なに？

少しだけドアを開けて隙間から窺《うかが》うと、植え込みのところに立つイケメンに人だかりができていた。

ええ。ヤバイ。変身した瑞喜の魅力半端ない。急いでスマホで今日は遅くなるから帰っていいと知らせると、瑞喜から人に囲まれているから今すぐ助けてと返信された。そうか、怖いよね。ビルの扉を一時解除して彼を避難させよう。どうせ今日は残っている社員なんて私くらいのものだ。

ドアを開けるから走ってきて、とメッセージを打つ。ガチャ、とロック解除すると滑り込むように瑞喜が中に入ってきた。

「一花さん！　急にみんな僕の周りに集まりだしちゃって」

じっと瑞喜を見ると昨日に続いておしゃれな格好をしていた。これでは俳優さんと間違われてもおかしくない。

「とりあえず上に行こう。デザイン室で匿ってあげる」

「一花さんが仕事をしているところ？」

ワクワクした顔で瑞喜がついてくる。この細いビルは二階までが倉庫と出荷するスペース。三階が資料室と応接室。四階が事務室とデザイン室になっている。因みに五階に社長室と会議室がある。

「コーヒーって飲めるかな」

「一花さんのマグだったら」

ホッとして私に笑いかける瑞喜がいじらしすぎる。

「迎えにこなくてもいいんだよ？　部屋で待っていてくれたらいいんだから。瑞喜だって研究所行ってるんでしょ？」

「帰り道だから。僕がしたくてしていることだし。迷惑ですか？」

うん。迷惑。でもすがるような瞳の子にそんなこと言えない。

「うーん。今度から連絡してくれたらいいから。どうせ車でしょ？　車の中にいてよ」

これも引っ越すまでの辛抱だ。黒塗りの車に乗ってるところを会社の人に見られたくないけど数日のことだしね。

「私、まだしばらくかかるんだけど、外の人が諦めたら先に帰りなさいね」

「……待ってます」

「八島さん、待ってるんでしょ？」

「八島は帰しました」

いつも思うけど行動早いよな。

「じゃあ、そこで待ってる？」

「一花さんの席がいい」

お前は犬か。とか思ってしまう。教えてもいないのに私のデスクに座ると、マグを置いて嬉しそうな瑞喜。

「ちょ、それ、お尻の下に敷いてるクッションだから胸で抱かないの！」

　慌てて取り上げると瑞喜がシュンとしている。仕方ないのでお尻の下に敷いてやった。まあ、でも待たせてしまって悪かったし早く終わらせないと。せかせかと動いていると瑞喜が声をかけてきた。

「それって品番みて見本探せばいいの？」

「……そうだけど」

「じゃあ手伝います」

　瑞喜がスッと立ち上がって、資料を見た。品番の紙を目視したかと思うと、どんどん資料を出し始めた。

「……瑞喜、もしかして、さっきちらっと見ただけで覚えたの？」

　その答えに瑞喜はにっこりと笑った。品番は色番も合わせると、七桁以上になる。それが三十品番ほどあったのだ。……えええ。

　一番大変だと思っていた見本が瑞喜の手であっという間に集まってしまった。

「これ、カットすればいいの？」

「う、うん」

　マジ、ヴァンパイア、半端ねぇ。

「ありがとね、瑞喜」

カードをかざしてフロアの鍵を閉める。思ったよりずっと早く終わったのは瑞喜のおかげだ。お礼を言うと瑞喜が嬉《うれ》しそうに笑った。外を確認したら諦めたのかもう誰もいなかった。

「地下鉄乗る？　歩いて帰る？」

瑞喜のマンションは私の会社から地下鉄で二駅ほどだ。とっても便利。三十分もあれば歩いてでも帰れる距離だ。

「一花さんとなら歩きたい」

「あ、う、うん」

はにかみながら言う瑞喜はめちゃくちゃ可愛い。もう、まいったなぁ。手を繋《つな》ぐのは恥ずかしいのでシャツの裾を摑《つか》んだ。フ、と瑞喜が笑ったと思うと、私の手は彼の手に吸い込まれていった。

「一花さん、可愛いことしないでください」

そう言われていっそう恥ずかしい。高校生でもこんなに純情な感じじゃないだろうと、顔を赤くしながら歩いた。夜で良かった。

マンションの脇の小さな公園に差し掛かった時、急に瑞喜が手を引いて私を背中に隠した。

「瑞喜？　どうしたの？」

「一花さん、ジッとしててくださいね」

　前方から人影が近づいてきて、ぎゅっと瑞喜の背中のシャツを摑んだ。街灯の明かりの下で、その姿が段々と映し出される。

「久しぶりだな。タイラー＝アンダーソン」

　そう言って出てきた男は長身の美形の男だった。眼鏡の奥に鋭いまなざし、後ろに撫《な》でつけた茶色の髪が威圧的に見える。どこかのパーティの帰りなのか、かっちりしたフォーマルスーツを着ていた。

「これは驚いた。芳香の乙女を見つけたと聞いたが本当だったんだな。今にも死にそうだったのに、ずいぶん健康そうじゃないか。そちらがお前の？　これは是非、挨拶しなくてはな」

「断る」

「……レオン様が血眼になっているフレグランスの持ち主を知ってるか？　その血を持つ彼女の名は『吉井一花』。もしも、それがお前の背中に隠している彼女なら、挨拶しておいた方が後々面倒なことにならないぞ？」

「……彼女は『吉井一花』じゃない」

「そうだろうね。レオン様が焦って会いに行ったアナウンサーはハズレだったんだから。さっさとそこをどけよ、この死にぞこないが！」

ボスッ。

「ブホオォォオオ」

「え⁉　い、い、一花さん⁉」

「あ、ごめん！　体が勝手に……」

カッとなって後ろから飛び出して繰り出した私のパンチは、偉そうな男の鳩尾《みぞおち》にクリーンヒットしていた。誰が死にぞこないだって思ったら……つい、ね。

「あはっ、アハハハハハハハ！　一花さん、最高‼」

「あれ、ヴァンパイアでしょ⁉　だから手加減しなかったんだけど」

瑞喜と手を取ってマンションに走った。身長差なのか、結構うまい具合に入っちゃったみたいで男は蹲《うずくま》ったままだった。だって、『死にぞこない』ってなくない？　かーちゃんのお腹の中からやり直せってやつよ！

エントランスを駆け抜けてエレベーターに乗り込む。ここまでくればセキュリティ万全だから追ってこれないだろう。

「で、あの失礼な奴は誰だったの？」

「うん。部屋に帰ったら話すね。でも今はキスさせて」

「え。なんでキス？」

「嬉しかったから！」

瑞喜が私を抱き寄せて唇を合わせてきた。ちゅっ、ちゅっ、と顔中にバードキスを繰り返してから、薄く開いた口に舌が入ってくる。上唇を舐《な》めてから角度を変えて本格的に私の口内を探り出す。

「んはぁ……」

息を吸おうと唇をずらすと自分とは思えない甘い声がこぼれる。ふにゃふにゃになった私の体を片腕で瑞喜が支えていた。

ポーン。

「んっ、んんんんんっ‼」

エレベーターが最上階についてもキスを続ける瑞喜の胸をぽかぽかと殴ると、また彼が笑ったのがわかった。

「もう、一花さんは、なんて可愛いのかな」

「私を可愛いなんて言うのは瑞喜だけだよ」

目の前で乱暴を働いた私にそんなこと言うのはね。大体、年上をからかって楽しいのかな。くっつきっぱなしの瑞喜は私の腰を離さなくて、そのまま密着して部屋に入った。

＊＊＊

タッパーから出したおかずを温めてテーブルに並べると、瑞喜が玄米ご飯をよそってくれた。最近、ご飯を炊くのは彼の当番になった。

「いただきます」

「どうぞ、召し上がれ」

瑞喜はご飯を食べながら私を見る。まるで私もおかずのようだ。もう慣れたけど。

「で、さっきの男は誰だったの？」

「彼はユーリ＝クロフォード。もちろんヴァンパイアだよ」

「あれ？　でも眼鏡かけてたね？　目の悪いヴァンパイアもいるの？」

「眼光鋭いから伊達《だて》なんじゃないかな？　秘書をしてるからイメージを作っているのかも。レオン＝モンタギューこそがヴァンパイアの王だと信じている人だから」

「王？　そんな人が瑞喜に何の用があるの？」

横文字の名前は覚えられる気がしない。

「僕に用事なんてないよ。彼は一花さんを探しにきたの。だから一花さんにわかるように、日本語だったでしょ」

「え？」

「遅かれ早かれ、バレるとは思っていたけど」

「もしかして、何とかフレグランスが関係あるの？」

「うん。僕らにとって匂いはとても大切なんだ。もともと僕らは野菜しか食べないから、肉食の人の血は臭く感じる。もちろん体臭もね。一花さんが血を売る時の条件はビーガンであることと処女だったでしょう？」

「うん」

「ヴァンパイアは男性しか生まれない。求めるのは女性の血液。そして処女であるっていうのは、他の男の匂いが移らないようにってこと。本人がビーガンでもつき合っている男がそうとは限らないから」

「へえ……」

「ふふ。ヴァンパイアって呼ばれているから、僕たちもそれにのっかってそう名乗っているけれど、正確には他人の血を体に入れて潜在能力を引き出せる血族なんです。色々な血液を試す人もいるし、僕みたいに体質で合う血液が極端にない人もいます。僕みたいなのは、ほとんどが幼少期に適合する血と巡り合えなくて、亡くなってしまう。だからユーリに『死にぞこない』って言われたんです。でも、僕には奇跡が起きた。適合率百パーセントの血液に出会ったんだからね」

「もしかして、それが？」

「そう。パーフェクトフレグランスです。僕と一花さんの香りは混ざれば混ざるほど素晴らしい香りになります。それはヴァンパイアたちが、なんとしてでも欲しいと思ってしまうような香り」

　瑞喜に言われてクンクンと自分の肘裏を嗅いでみる。確かに、数日前からなんだか甘い匂いはしてたような気もする。

「レオン＝モンタギューは、ヴァンパイアの王になろうとしている男。そして、ユーリはその信者で秘書をしています」

「王ってなに？」

「簡単に言うと、一番力の強いヴァンパイアです。ヴァンパイアは実力主義だから力の強いレオンが王を望むことはおかしくなくて。今以上、さらに上を求めて一花さんの血を探しているんです。でも、王って言ってもね、この時代偉そうにできるっていうだけで、なんの役得もないよ。ただの自己顕示欲です」

「ふーん……」

もっと潜在能力を引き出したいってこと？　よくわかんないけど。

「明日って、一花さん会社休めないですよね……」

「ええ⁉　当り前じゃない！　さっきまで一緒に苦労して見本作ってたよね？」

「……ああ、いや、わかってるから確認したんです。明日からは送り迎えさせてください。多分、ユーリもレオンも一花さんのこと狙っているから」

「はあ」

血を？　狙う？　マジで？

これは送ってもらわないといけないな、と思った。

その時までは。

けど、いつもどおり甘い雰囲気になって、一回だけって言ったのに二回したのは瑞喜だから私は悪くないと思う。

「わー！」

朝起きたら寝坊してたし、こんなの車で行く方が遅刻だ。お弁当に作り置きの総菜を詰めて五分で着替えて家を出る。

「瑞喜！　遅刻しそうだから、私行くから！　ご飯は冷蔵庫にあるもの温めて食べてね！」

「え、一花さん⁉」

「行ってきまーす！」

「待って……」

クライアントとの打ち合わせは九時半だからまだ間に合う！　資料は机の上に纏《まと》めてあるし化粧は会社で済ますことにして……。

全力疾走で改札を抜けて頭の中で段取りを考えていると、駅のホームで肩を摑まれた。

「なに？」

「おはようございます」

「おはようございます？」

男が私に声をかけると、そこだけ別世界のような空間に思えた。暗がりで見た昨日より明るい中で見る方がイケメンだ。なるほどこう見ると眼鏡は鋭い目の彼の印象を柔らかくさせているのかもしれない。今日は濃いグレーのスーツ。なんかちょっとスパイシーな匂いもする。

「ご連絡先、教えていただけませんか？」

「生憎、瑞喜のこと『死にぞこない』とかいう人間と仲良くなろうなんて思わないので」

「あなたのこと傷害で訴えようかな。鳩尾がまだ痛い」

「はっ。訴えたらどうですか？　僕ちゃん強そうにしているけど、か弱い女の一発も避けられませんでちたってね」

「……」

「悪いけど急いでるから。さようなら、僕ちゃん」

軽く肩を押してそう言うと、長身の彼は私を未知の生き物と遭遇したように見ていた。そのまま人波に押されて電車の中に乗り込んだので、彼がどうしたかなんて知らない。

二人のヴァンパイア

「何あれ、どうしちゃったの？」

会社についたら恵恋奈が「はあ♡」とか、甘いため息つきながら浮ついていた。昨日、仕事を放りだして帰っていいご身分である。

「なんか、昨日、社長に大きなパーティに潜入させてもらったみたいで、理想の王子様に出会ったらしいよ」

「へー……」

葛城がヤレヤレといった感じで私に教えてくれる。潜入って、およばれしてたんじゃないの？　瑞喜を紹介しろとか言い出さないだけましだけど、昨日のことを真っ先に謝るのが社会人じゃないのかな？

「あー、もー。化粧してる時間ないし。リップだけでいいや」

資料を揃《そろ》えてバッグに詰めていると横から恵恋奈が覗《のぞ》いてくる。

「芳野さん、女捨てちゃダメですよぅ。資料は私が揃えますからササッと化粧済ましてきていいですよぉ」

イラッ。

「資料は私が昨日、何とかしたの。確認したいから自分で用意します。恵恋奈ちゃんはその完璧な身なりで隣でニコニコ座ってるだけでいいから」

「芳野さん、こわーい。でもぉ。横に恵恋奈が座ってたら商談なんてチョロいですよね！昨日はちょっと悪いことしたので、後でパーティのお話聞かせてあげますね」

……チョロいって舐めてんのか⁉　ああん⁉　あなたが身ぎれいな格好で座ってたからって何にも変わりません！　しかも悪かったのちょっとだけ⁉　パーティの話なんて一ミリも知りたかないけど！

「室長」

「あ、う……はい」

「私には新人教育はちょっと向いてないみたいなんで。戻ってきたら相談聞いてもらっていいですか？」

「えっ⁉　よ、芳野！」

いい加減丸投げすんの、やめて。私の背後に立ち込める暗雲を見たのか室長がビビっている。私に恵恋奈を押しつけないでよ。

「芳野さん、時間ないですよぉ」

イラッ‼

——結局、商談中、恵恋奈は本当にニコニコしていただけだった。逆にすごいわ。発注取れたからいいけど。

「それがぁ。ホントにこんな王子様みたいな人がいるのかっていう人でぇ！」

帰り道、商談が上手く終わって幾らかは気分が上がっていたけれど、何を勘違いしているのか恵恋奈が自慢げに昨日のパーティ潜入の話をし出した。もう、スパイかなんかの設定じゃないと聞いていられない。

普通、終わったばかりの商談の話とかにならない？　言っとくけど、単価は安くても大手量販店で仕事決めたら数字が違うんだよ⁉　これってすごいことなんだからね⁉

「金髪でぇ。イケメンでぇ……ぐふ、ぐふふふふ」

……もういい、寝よう。あと二駅だ。だんまりを決め込んで鞄《かばん》を抱えて目を瞑《つぶ》る。昼間のメトロは座れていいな。

「やっぱりヴァンパイアってぇ。オーラがちがうっていうかぁ」

室長、市場調査に行くとか言って逃げてないだろうな。大体、私が恵恋奈を引き受けてることが自体おかしい。社長に頼まれたんなら室長が教育するべきだ。

「吉井一花とも別れたって聞くし、私もチャンスがあったりして～」

「え？」

　その名前で急に眠気が飛んだ。

「ん？　芳野さん、どうしました？　あ。着きましたよ～。お昼どうします？　もう二時かあ。私、ハンバーグ食べたいんで芳野さんとご一緒は無理ですぅ」

「ああ、うん。別々でごめんね」

　返事をしながら電車を降りる。面倒だから説明なんてしないけど、朝大急ぎで詰めたお弁当持ってきてるから、はなから恵恋奈とご飯なんて行く気ない。そのまま、恵恋奈とホームを歩いていて改札に出るとシナモンみたいな香りが鼻をかすめた。……なに？

「芳野さん、一旦会社戻ります？　私、直接お店……えっ、ええ!?」

　前方に二人の長身の男たち。なんかミントみたいな匂いもする。あんたたち外国人だからって香水つけすぎじゃない？

　一人はユーリ。どうしてかはわからないけれど私は二人ともヴァンパイアであると確信していた。ヴァンパイアセンサーでもついたのかな。

「昼食でもご一緒にどうですか？」

金髪のイケメンが声を発した気もするが気のせいだ。改札の出口を占領するように立っているけど無視するしかないよね。

目が合わないように、さっと脇をかすめて速足で逃げようとすると、ガシッと腕を掴まれた。

「芳野さん、お知り合いですか⁉」

こんな力がどこに備わっていたのか、と思うほどの力で私を掴んでいるのは恵恋奈である。ほんと、なんなの？

「知り合いの訳ないでしょう？」

「で、でも、明らかに芳野さんに話しかけてますよ⁉　し、し、し、しかも！　この方、ご存じでないんですか⁉　レオン＝モンタギュー様ですよ⁉」

「……知らない。てか、知ってるなら恵恋奈ちゃんの知り合いじゃない。じゃっ」

「芳野……芳野一花さんですか」

「ほ、ほら‼　芳野さん‼　ほら‼」

「今知った感、満載でしょ？　だから、腕、放してよ！」

「俺とは昨日から知り合いだな？」

「……名前も聞いてないけど？」

「失礼した。俺の名はユーリ＝クロフォード」

「ユ、ユーリ＝クロフォードさ、ま……♡」

「恵恋奈ちゃん、本気で腕を離して。あなたハンバーグ食べに行くんでしょ⁉」

「私はレオン＝モンタギューです。一花さん、私たちと昼食だけでもご一緒してもらえませんか？　昨日のユーリのタイラーへの非礼はお詫《わ》びさせます」

「よ、よ、芳野さん！　ここは行くべきでしょう！」

「いや、断るよ！」

「い、行きます！　私が芳野さんを連れていきます！」

お前、本気でどこかの国の工作員じゃないだろうなぁ！　キラキラと目を輝かせ、やる気に満ち溢れた恵恋奈に腕を引かれて行く。

結局、私は二人のヴァンパイアと昼食を取る羽目になったのだ。


「はあ」

連れてこられたのは高級フレンチの個室。堂々とついてきた恵恋奈は大興奮で二人のヴァンパイアを交互に見ている。嫌な予感しかしないし。迷惑はかけたくないけど瑞喜には簡単に状況をメッセージで送った。「すぐ迎えに行きます」の文字に安心する。

「よろしくお願いしまーす♡」

隣で名刺交換している恵恋奈に眩暈《めまい》がする。ほんと、もうさ、はあ。これで職場もバレちゃったじゃない。どうしてくれよう。

「芳野さんの名刺はいただけないんですか?」

「生憎、切らしておりまして」

優し気な口調で声をかけてきたのはレオンという男だ。恵恋奈が言っていたように金髪でワインのような赤い目をしている。柔らかな物腰の物語の王子様のようだが、瑞喜のことを良く思っていない連中と昼食なんて食べたくない。

そう思っていても席に着けば目の前に食事が運ばれてくる。給仕さんが洗練された白い皿を四人の元に運ぶ。

「そら豆のスープです」

「わあ! 美味しそう!!」

――黙れ、恵恋奈。この先いくら待っても肉が出てこないことを嘆くがいい。ああ。早く瑞喜がきてくれないかな。じっと、男二人に見つめられていて居心地が悪い。

「どうぞ、特別に用意させていますから、お口に合うと思いますよ」

にっこりと笑うレオン。優し気に見えるがアレは自分に絶対的な自信があるタイプだ。

隣で嬉しそうにスープを飲む恵恋奈の危機感のなさに驚く。まあ、毒は入ってないのはわかるよ。仕方ない、食べ物に罪はない。私は観念して芸術品のような綺麗《きれい》な黄緑色のスープにスプーンをつけた。

「で、どういったご用件でいらしたんですか?」

「男が女性を探し尋ねる理由はひとつでしょう?」

はあ。何言ってんの、こいつ。レオンに残念そうな視線を送った。

ガシャン！

隣を見ると、今の言葉に撃たれたのか恵恋奈がスプーンを落として目をハートにしていた。正気になれ、これが汗っかきのおっさんが言った言葉なら完全に引いてるから。

「芳野一花。先ほどからレオン様に対する態度がなってないようだが？　今朝もずいぶん失礼だと感じたぞ」

ノンフレームの眼鏡を押し上げながら言うユーリはレオンのことを崇拝しているようだ。伊達眼鏡のくせに偉そうな。

「でしたら、すぐに失礼させていただきます。あなたがたと昼食を取る必要などないのですから。それとも、こんな光栄なことを喜べと強要されるのですか？　生憎私にはなんのメリットも感じられません」

「こ、この暴力女が」

「それが本心ですか？　朝からホームで肩を摑んで昨晩のことを傷害で訴えると息巻いていましたが、それがどうして私に昼食を奢《おご》ることに？　あなたの主人には、先ほど初めて会ったのですから、失礼をしたつもりはないですよ。あなたは瑞喜に対する非礼を詫びなくちゃいけないですけど」

個室の外が騒がしくなって、嗅ぎなれた爽やかなリンゴのような匂いがした。たまーに瑞喜のマンションにいると香ってくることはあったが、今日は特にいい匂いだと感じた。

「そちらは誰も通さないようにと……」

焦る店員の声を無視して扉が開くと瑞喜が入ってきた。あれ？　これって瑞喜から香ってきていたの？　瑞喜が香水をつけているところなんて見たことはないけれど。

「一花さん、遅くなりました」

「瑞喜、ごめんね。捕まっちゃった。でも良かったよ、そこのユーリさんが昨日あなたに『死にぞこない』だなんてひどいことを言ったのを謝りたいんだって」

「ユーリが？」

ざっくりとした麻のジャケットに白Tシャツ、黒のジーンズとシンプルな装いなのにうちの子、カッコいい。何よりも駆けつけてくれて嬉しい。ああ、もう。

「うわっ」

「くっ」

あれ？　こんどは急にチョコレートみたいな甘い匂いがしてきた。

「あ……一花さん」

「？　なに？」

「覚醒しちゃったかも。一花さん、僕の匂いってわかります？」

「瑞喜の匂い？　えーと爽やかなリンゴみたいなのかな？」

「あちらの二人は？」

「あの二人？」

私がユーリとレオンを見ると、とろけるような顔をして私を見ていた。ちょ、こええええ。瑞喜がそれでも私を促すのでクンクンと匂いをたどってみた。

「えーっと、こっちのレオンさんはミントみたいなので、ユーリさんはシナモンかなぁ。これって香水じゃないの？」

「一花さんが感じているのはヴァンパイア特有のフェロモンみたいなものです」

「へえ。瑞喜が一番いい匂いだけどね。あれ？　もしかして今朝からずっと微かに匂ってたチョコレートみたいな匂いって……」

「それが一花さんの匂いですね」

「えーっと、じゃあ私は迎えがきたので帰ります。さ、ユーリさん、謝るならどうぞ。恵恋奈ちゃんはお腹いっぱい食べさせてもらって。後でね」

肉は出てこないけどね！　それではさっさと出ようかと思ったら、ガタンと立ち上がったのはユーリだった。

「昨晩はひどい物言いをして悪かった！　タイラー！　許してくれ！」

「え」

これには瑞喜が信じられないという顔をしていた。

「食べ終わるまででいい！　どうか一緒にいてくれないだろうか！」

なぜ、懇願。さっきまで嫌そうに私を見ていたじゃないか。

「もー。芳野さん、食べ終わるまではいてくださいよぅ。お店の人に失礼でしょ」

部屋の中の三人のイケメンを忙しそうに見比べている恵恋奈は、やっぱり空気を読まないことを言った。

そんな慕われ方はしたくない

この娘を置いて帰りたい。強くそう思って視線を送るのに恵恋奈はどこ吹く風だった。

「こんなに一度に超絶イケメンを三人も見れるってすごいですよねぇ。私、芳野さんのこと尊敬します！」

「え、それ、本気で言ってる？『尊敬します！』って、今日の商談終えてから功労者の私に言う言葉じゃない⁉量販店との契約取れたのってすごいことなんだからね！」

もう、イラッ、どころじゃないんですけどー⁉何、この宇宙人。どこの惑星から舞い降りた⁉お前は何をしに会社にきているんだ。

「まあまあ。とりあえずは、ご飯でも食べようじゃないですか。もったいないですよぉ」

確かにレストランには罪はない。後ろに困惑した店の人が見える。

「休憩時間が終わるといけない。一花さん、食べてください。僕はここにいますから。会社まで送るから大丈夫です」

「……わかった。じゃあ、いただきます」

私の言葉にユーリとレオンがホッとしている。そこまでして私と食事したいとか頭おかしいんじゃないかな。

「瑞喜はご飯食べたの？」

「いえ、大丈夫です。帰ったら食べるから」

「ユーリ、店に頼んでもう一人分追加してくれ」

「レオン様、タイラーは……」

「僕は外食を受けつけないので気にしないでください。一花さんが食べたら帰ります」

「そんな、待つだけだなんて……あ、そうだ！　お店の人には申し訳ないけど、お弁当ならあるよ？　私用だから少しだけど。瑞喜はそれを食べたらいいよ」

鞄からお昼に食べようと思っていたお弁当を出した。危うくこのお食事会で無駄になるところだったよ。

瑞喜を隣に座らせて、店の人にアレルギーだから申し訳ないと声をかけた。

「さ、召し上がれ」

私がお弁当の蓋を開けると、どこからか『ゴクリ』と喉の鳴る音がした。

「え」

見上げるとユーリとレオンが私の作ったお弁当を席から立ち上がって見にきていた。いや、ちょっとやめてよ。見世物じゃないんだから。

思わず手で隠そうとしたら瑞喜が野菜の煮物を箸で摑んでいた。

あーんと口を開けて二人に見せびらかすように食べる瑞喜。そりゃあ、基本私の手料理大好きなんだから、瑞喜にとってはごちそうだろうけど見せびらかすようなものじゃない。

「ちょ……レストランなんだから、もっとこっそり食べて……」

恥ずかしくて死ねる。恵恋奈も驚いて口を開けていた。けれども瑞喜がそれをやめることはなく、なぜか優越感に浸っているようだった。しかも二人が悔しそうなのが……なにが、どうした？

「もう、恥ずかしいからお弁当覗かないで！　せっかくのお食事が冷めますよ！」

そう言うと二人がすごすごと席に戻った。なんなのよ、あんたたち。高級フレンチ食べながら私のお粗末な弁当を羨ましそうにソワソワしないでくれる？

「タ、タイラー、もしかして君は、毎日一花さんの手料理を食べているのか？」

ユーリが我慢ならないと口を開いた。

「そうですよ。一緒に暮らしていますから」

「い、一緒に暮らしているんですかぁ⁉　芳野さん、彼氏じゃないって言ったじゃないですか！」

「んぐ、ゲホ、ゲホ！」

恵恋奈！　言う⁉　ここで、言っちゃうの⁉

「……一花さん」

さっきまでホクホク顔だった瑞喜が一転、泣きそうな顔で私を見つめる。ウルウルなんとレオンがまた口を開いた。

「一花さん、どうでしょう。私もあなたの恋人候補に入れてくれないでしょうか」

ブーッと音がして、見ると恵恋奈がスープを噴き出していた。汚い……。

その言葉にジッと私は瑞喜を見た。ここは腹をくくるしかない。かちゃりとカトラリーを置き、席を立って瑞喜を見た。

「私は、瑞喜が好きです。瑞喜が望んでくれるなら恋人は瑞喜がいいです」

「一花さん！　もちろん望みます！　望みますとも!!」

どうだ、お前ら。これで瑞喜に意地悪できないだろう。瑞喜の血の提供者なら簡単に奪えるとでも思ったか！

「うわ～、すごい展開……」

恵恋奈の驚いた声が聞こえて、それからはさっさとご飯を食べた。この歳になって人前でこんな告白とか恥ずかしくて味なんてまったくしなかった。

「恋人……ぐふっ」

食事が終わると、瑞喜が機嫌よく姫を守る騎士のように私を連れて歩いた。私がなびかなかったことにショックを受けたのか、レオンとユーリは無言で私たちを見送った。

「芳野さんがぁ、瑞喜さんを選んだってことは、レオン様とユーリ様をフったってことですよね！　三人ともみんなヴァンパイアですよね⁉　ひゃ～～！　すごい！　私、芳野さんが神だって知らなかったです！　超絶イケメンを惹《ひ》きつける神‼」

黙れ、恵恋奈。あんたのせいで散々な目にあったんだから！　会社戻ったら絶対室長に言って、私の担当と関わり合いのないようにしてもらうんだからね！

「瑞喜、突然、呼び出してごめんね」

「僕は一花さんのヒーローなんでしょ？　ヒーローはヒロインのピンチに駆けつけるものです」

「あ……。うん」

「帰る頃、また連絡ください。迎えにきます」

「う、うん」

なにこれ、いつものやり取りなのにデロ甘！　は、恥ずかしい！　キャー！

「芳野さん、いつまでイチャイチャしてるんですか？　会社戻りますよ？」

恵恋奈の物言いにいつもならイラっとくるのに、なんだかもう瑞喜にドキドキしっぱなしだ。瑞喜と軽く手を振って別れて、火照った顔を冷ますように手でパタパタしていると、ジトーと恵恋奈に見られていた。うう。先輩としての尊厳が！

「芳野さんてぇ、よく見たら肌綺麗だし、なんか初めて会った時より若く見えるんですよねぇ。後で化粧水とか教えてもらっていいですか？」

斜め上の方向でなんだか恵恋奈の私に対する態度が尊敬に変わっている気がする。ま、まったく嬉しくない……。仕事で尊敬してくれ。

＊　＊　＊

デザイン室に戻るなり、私は室長をミーティングルームに引っ張っていった。何を言われるのか大体予想はついていたのだろう、あきらめ顔で室長もついてくる。

「私はもう、耐えられませんから。大事な資料をシュレッダーにかけて知らん顔して帰っちゃうんですよ⁉　今日の商談だって、メモを取るでもなし、道を覚えるでもなし！」

「それがさあ、社長に頼まれてるんだよねぇ。恵恋奈ちゃんが結婚するまでデザイン室に置いてくれって」

「え。結婚の予定、あるんですか？　てっきりお相手を探してるのかと思ってました」

「あ、いや、探してるみたいなんだけどね」

「はあああ⁉　それっていつになるかわかんないパターンじゃないですか！」

「芳野、我慢してくれ。お見合いも用意してるらしいから。本人も腰掛だって割り切ってるし」

「じゃあ、室長は私たちのモチベーションが下がってもいいと？　まるっきりやる気のない人と仕事するのは辛いです」

「うーん……何やっても続かない性格みたいでね。初めは事務職させてみたらしいんだけど、数字に弱かったらしくて」

ああ。桜そっくり。

「とにかく、私、バカにされてまで世話焼きたくないんで、室長引き取ってくださいね」

「バカにされてるって？」

「私の女子力が低いみたいなんで」

「……そうか。それなら仕方ないね。こっちで引き取るよ」

室長に話を通して、これでようやく仕事に没頭できると一息ついたはずだったのに、戻ってみると恵恋奈が子犬のようにまとわりついてきた。

「芳野せんぱーい！　手伝うことがあったら私にバンバン言ってくださーい♡」

「え。ええ？」

「私、芳野さんのこと見直しました。ヴァンパイアを三人も手玉に取るなんて神です！ついて行きます！」

「はあ……。そんなこと言っても紹介したりしないからね？」

「今日、一緒に食事してわかったんですよねぇ。ヴァンパイアはベジタリアンだっていうのを前情報で知ってたんですけどぉ。どんなに高級なレストランだって、お肉食べられなかったら私には無理だなーって。正直、今日のお昼食べた気しませんもん。でもイケメンは目の保養なのでぇ。芳野さんについて行くことに決めました！」

嘘、ちょっとタイミング悪い。後ろを振り返ると室長の目が点になっていた。違うんです。今朝までほんとに人のこと小バカにしていたんです！　と思って首を横に振ったが逆に室長も首を振って、私の肩を叩《たた》いて出て行った。

どっちにしても恵恋奈のお守りは嫌です！　室長!!

「急に慕われてんな、芳野」

「斜め上に慕われても困るんだけど」

「芳野せんぱーい！　コーヒーいれますねー！」

葛城からも憐《あわ》れみの目。その日から、今までのバカにした態度から一転、恵恋奈は私を慕うようになった。彼女がイケメンウォッチングと言って、私の周りをウロウロするようになるまでそれほど時間はかからなかった。

君を誘う香り

「一花さん、お疲れ様」

「う、うん」

就業後、こないだの出来事を踏まえて瑞喜はちょっと隠れた場所で待っていてくれた。サングラスもかけて顔が隠れるように変装してる。芸能人のようなその姿におかしくなってクスクスと笑いながら彼の近くに辿《たど》り着くと、当然のように手を取られて指を絡められた。え、ちょっと。恥ずかしい。そのまま腕をきゅっと引かれると体が密着する。かああ、と体温が上がるのを感じると甘い匂いが広がった。

「い、い、い、一花さん、こんなところで」

「え?」

「僕を誘っちゃダメ」

「は?」

誘う? 誘うって何? と思っていると、真っ赤な顔をした瑞喜に米俵のように抱えられて八島さんが待つ車に押し込められた。

「瑞喜?」

「覚醒したばかりで調節できないんですね? 昼間はあの二人に見せびらかしていい気分だったけど、外であんなに誘われたら困る」

「え?」

「一花さん、もしかして僕を見て、嬉しいなぁ、大好きだなぁって思ってくれました?」

「え……そんな、ことは……」

ないとは言えない。というか、めっちゃ思った。

「ヴァンパイアと強く結びついた女の人は、ヴァンパイアを誘う香りを出すんですよ。もうね、一花さんが僕に好き好きって、言っているようなものでね……」

「……う、そ」

真っ赤になって手で顔を押さえる瑞喜を見て、また自分の体温が上がるのを感じた。

「だから、一花さん！　あーもう、ほんと、もうちょっと待って。マンション着くまで！」

瑞喜の必死な叫びに応えて、八島さんのハンドルさばきでタイヤが唸《うな》った。

「がんばれ、がんばれ、僕の理性」

瑞喜が私を抱っこして自分を励ましているのを聞きながら、なぜか今日はとても魅力的に見える瑞喜の首筋に噛《かぶ》りついた。

ちゅ、ちゅう、ちゅ……。

「はあ、ハア」

「一花さん……まって、一花さん」

抱きかかえられてエレベーターに乗ると、瑞喜に密着できるのが嬉しくてしがみついた。必死になって彼の首をハムハムしてしまう。瑞喜が片手でドアを開けて、私の靴を玄関に落とした。そうしてベッドに運んでのしかかってくる瑞喜から、リンゴの香りが強くなる。私の匂いと混ざっていくと、もうこれ以上ないくらいにいい匂いに感じた。

本当は『恋人って言ったのはあの二人に牽制《けんせい》するためだから』と逃げるつもりだった。だって、私にセレブな生活なんてできそうもないし。正直、前回の恋は決断が早すぎたのだと思う。賢人のことも、もう少しおつき合いして決めればよかった。いくら桜に悪意があったとしても、それになびいてしまうような男の人としかつき合えてこれなかったのだ。また信頼関係が築けなかったら、と思うと怖い。瑞喜のことも、どこまで好きなのかもわからないのに恋人面とか申し訳ないと思うのだ。けれど、昼間口に出して宣言してしまうと、気持ちが抑えきれなくなってしまった。

せっかく瑞喜はヴァンパイアとして堂々と生きていけるのに、私の生活に引っ張り込むのはよくない。瑞喜と恋人になれば、世間一般で言えば私はシンデレラみたいなものだろう。大富豪のヴァンパイアに見初められてどんな贅沢《ぜいたく》も許されるなんて。でもさ、三十年近くも節約生活してきた私が、急に高級マンションに住んで仕事もしなくてよくて、お金を湯水のごとく使えるって言われても、今まで生きてきたアイデンティティが急に変わることはないと思う。両親を見ていて、お金が人生を左右することも知っている。私には瑞喜に合わせてセレブになるような覚悟はない。

なのに瑞喜がかっこよくて。

ほんと、もう、かっこいいし……。

キラキラして見える。

どうしよう。

どうしよう、瑞喜……。

「ごめんね、ごめん、瑞喜」

「え？　一花さん……どうしたの？」

「好きになっちゃったかも」

「謝ることじゃなくて。ああ、一花さん！」

「瑞喜の一時の迷いでもいい……」

「僕、執念深いから困るのは一花さんだよ？　怖がらないで。僕を一花さんの心に入れて」

瑞喜の指が私の心臓の上をなぞった。その刺激すらもどかしい。

この先、彼も私の元を去っていってしまうかもしれない。摑んだと思ったら、いつもさらさらと幸せは指の隙間からこぼれていってしまうものだから。

「繋がろ……」

「っつ、」

私が両手を伸ばすと着衣のまま繋がった。足りなかったものが埋まる。ギリギリまで我慢していたのか、瑞喜が一気に私の中に潜り込むと、私に深い口づけをしながら腰を打ちつけてきた。むせるような芳香に快楽が押し上げられる。

「も、でちゃう、いい？」

「ん、私も、すぐいっちゃ……んんっ」

ジュチャ、ジュチャと激しく水音が跳ねて、瑞喜が爆ぜると幸福感が広がった。私の匂いと彼の匂いが混じりあって一つになっていく……。

その幸せにまどろんでいると、また入り口に硬いものが押し当てられた。

「もう一度、いい？」

先がもう潜り込んでいる状態で聞かないで欲しい。こくん、と頷《うなず》くとまた唇が下りてくる。ちゅっとリップ音を立てて顔が離れると、幸せで泣きそうな瑞喜の顔が見えた。

きっと私も同じ顔をしてる。

二回目はゆるゆると腰を動かして、じっくりお互いの存在を確認するように快感を追った。私は瑞喜の、彼は私のシャツのボタンを外していく。

「ふ、……ああ……」

「ハ、ハアッ……」

今度は少しでも長く繋がっていたくてゆっくりと動く。それだけで十分に気持ちが満たされた。瑞喜の首元は私がつけた歯型と鬱血だらけになっている。それでも私は彼の魅惑的な首元に吸いつくことを止められなかった。

ちゅ、ちゅう。

「一花さん、噛《か》んで。僕の血を飲んで」

「え……私が？」

血は瑞喜が飲むんでしょう？

「あのね、一花さん……一花さんは僕と混じりあって……ヴァンパイアになったんだ」

「ヴァンパイア……」

「同じ寿命を僕と一緒に……僕の伴侶になって……」

「ん？」

瑞喜の言葉に急に頭がクリアになった。なんて言った今。私、瑞喜と……ヴァンパイアになったって？

ゆっくりと瑞喜の肩を押してちゅぽんと瑞喜の陰茎を抜いた。

そのまま立ち上がるとポカーンと私を見上げる瑞喜に……。

ガゴッ。

げんこつを与えた。

「い、一花さん⁉」

そのままスタスタと寝室に入ると鍵をかける。ドアの外では、ドンドンと瑞喜がドアを叩いていた。

「そういう大事なことは先に言うべきだろうが」

私の低い声でドアの外が静かになる。

とりあえず火照った体を冷たいシーツを抱きしめてやり過ごす。さっきまで満たされていたのに私だって辛い。辛すぎる。でもこれ、流されていい案件ではない。

「っつ……ハア」

最近視力が良くなった気がするのも、肌がつやつやなのも、セックスするほど調子がいいのも、もしかして私がヴァンパイアになったから？

恐る恐る手鏡を出してきて自分の口の中を見てみた。

こんなに犬歯尖《とが》ってたっけ？　指でなぞると今にも皮膚を破りそうに尖っている。

瑞喜の首をハムハムしたくなったのもこのせい……？

「あーーー!!」

枕に顔を伏せて叫んでみる。これはとんでもないことになってしまった!!

＊＊＊

「ごめんなさい」

一晩中ドアの前ですすり泣かれたら、開けないわけにはいかなかった。

「ちゃんと説明して」

せっかくイケメンになったというのに、ドアを開ければヨレヨレで泣きじゃくった痕のある瑞喜が転がっていた。

交代で簡単にシャワーを済ませて、テーブルにコーヒーを置いた。

「……一花さんは、ヴァンパイアに血を提供する一族がいるのは知ってる？」

「うん」

「僕らには、匂いが大事だって話をしたよね。だから、意図的に野菜しか食べないように育つ人たちがいるんだ。言っておくけれど『食料』ってわけじゃないよ。向こうにも旨味があってやっていることだし、そもそも僕たちにとって『血』は食料じゃない。提供する一族だって肉が食べたくなったら、やめればいいし、そのために元からビーガンである人たちからも血液の提供をしてもらってる」

「やめてもいいんだ」

「そう。血を必要とするのは僕らがある程度育ってから。それまでは普通に食事をして育つ。血の提供も十八歳以上としてあったでしょ？　相性のいい血を摂取できたら、いろんな潜在能力が引き出されるんだ。身体面であったり、精神面であったり、第六感的なものまで。昔は年齢を制限していなかったけど、今は十八歳で血を取り入れて能力を引き出すんだ。早く摂取したところで能力が発現しないことがわかっているからね。でも時々匂いに敏感すぎる子が生まれてくる。それが僕。そういう子はパーフェクトフレグランスという匂いの適合者を探す。適合者が見つかれば、その匂いで食事も他のヴァンパイアのようにできるようになる。ほら、僕は一花さんが作ったものは食べられるでしょう？　でも大抵は見つからないんだ。みんな、成人前に死ぬ」

「それは、前にも聞いたけど……」

「母は僕を助けるために、医師免許まで取って、血を集めてくれた。母が集めてくる血液の中で、十年前からかろうじて僕が飲めるものがあった。それを摂取すると少しだけ野菜が食べられたんだ。そのおかげで僕は二十歳まで生き永らえられた。きっと、それは一花さんの血液だよ。あの施設の血液パックだっていうことに辿り着くのに十年かかったけどね」

「でも、かろうじて飲めたって？　私の血は飲めるんじゃないの？」

「普通血液パックは複数人の血液を混ぜてあるんだ。ヴァンパイアは、色々な人の血の方が様々な能力を引き出せる可能性があるから。そして、日本の血液パックに目をつけていたのは僕の両親だけでなくて、レオンもだった。特にいい匂いがあるって」

「特に？」

「一花さんの血は、特別いい匂いがするってこと。まあ、だからこそ引き取り手を多くするために施設側も混ぜる人数を増やしてしまったんだろうけど。それでさらに個人の特定が困難になってしまった。」

「はあ。血の匂い褒められても……」

「僕たちにとっては大切なことだけどね。レオンは僕の両親が一花さんの情報に辿り着くのを妨害してた。そうして先に手に入れたのが『吉井一花』の情報だった。一花さん、偽名使ったんだね」

「血を売る時にトラブルがあったらまずいから、そうしなさいって教えてもらってたの」

「そのおかげでレオンが一花さんに辿り着くのが遅れて、あの施設で待ち伏せしてた僕に幸運が舞い降りた」

「それで、私がヴァンパイアになったたってのは？」

「僕の母に会ったでしょう？　彼女も元は普通の人間だったヴァンパイアだよ。ヴァンパイアは男しか生まれなくて、女性は単独のヴァンパイアの体液を大量に取り入れることでヴァンパイアになるんだ」

「も、もしかして」

「そう、一花さんは毎日毎日僕とセックスしてヴァンパイアになったんだ。あ、でも一人のヴァンパイアがそうできるのは生涯たった一人だけだよ。だから大抵は伴侶に迎える」

「伴侶……」

「一花さん、僕の伴侶になって欲しい。一花さんを幸せにできるよう、いっそう努力するから」

「……ちなみにヴァンパイアの寿命は？」

「えーっとよくわからないけど、老衰で五百歳……くらいかな？」

「は、はあああ⁉　瑞喜のことは好きだけど、普通はその、伴侶になってとか、ヴァンパイアになってとか、ちゃんと話し合いしてからじゃないの？　こんなだまし討ちみたいなの、ひどいよ。しかも寿命五百歳って⁉　信じられない！」

「僕の両親は今父が百三十歳で母が百五十歳かな？　本当は僕も一花さんに好きになってもらって、プロポーズして、説明してからヴァンパイアになって欲しかったけど、ヴァンパイアという種族を守るため、同族にならないと秘密は明かせないんだ」

「つまり、私がヴァンパイアにならないと、こういう説明できなかったってこと？」

「そう。普通の人間だったら説明を聞いても記憶が消えてしまう。ヴァンパイアって一般に呼ばせているのも、恐ろしい血をすするイメージの方が都合がいいからだよ。ヴァンパイアを消滅させようと思ったら、力のない幼少期に殺してしまえばいいんだから。まあそんなことしたら、恐ろしい報復が待っているだろうけどね」

そんな怖い話、聞きたくなかったんだけど。

「僕はヴァンパイアの中でも特殊だから、一花さんの血しか飲めない。でもこの事情がなかったとしても一花さんだけを愛していたと思う。本当は一花さんを監禁して僕だけのものにして誰にも触れさせたくないくらい一花さんが好きだけど、一花さんがそれを望むとは思えないから我慢してる。生涯一花さんを大切にして幸せにする努力をするから、僕の伴侶になってください」

「……結婚はしないの？」

「あ。ヴァンパイアは長寿だから、戸籍を何度か作り直すんです。結婚って意識が薄かった！　一花さん、不安にさせてごめんなさい。僕と結婚してください。婚姻届は水族館でペンギン柄のを購入してます！」

ううう。その婚姻届、実は私も水族館で見た時に可愛いと思ってた。瑞喜のプロポーズに返事しようと目を合わせた時、私の匂いがぶわっと部屋に立ち込めた。

「い、一花さん！」

いろんなこと考えて、これからのこと不安でいっぱいだというのに。嬉しいって感情は押さえることはできなかった。瑞喜の歓喜した顔が見える。

「だが断る！」

簡単に許すと思うなよ！　私の言葉に彼はずっこけたけど、私がプロポーズに対して嬉しかったことはバレバレだった。

結婚を前提にと言った覚えはない

結局、それからまた仲直りだと一回戦させられて、そのまま出勤する羽目になった。恐ろしいのはヴァンパイアになるとそんなに睡眠も必要ないようで、逆に瑞喜とセックスしたことですこぶる体調がいいくらいだった。そして、最近わかったのだが彼はとても朝に弱い。これはヴァンパイアとしての性質でもなんでもなく彼の体質だろう。

「おはようございまーす！　芳野先輩、今日もお美しいですよぉ」

なぜか恵恋奈が私にすり寄ってくる。怖い。あんなに面倒がっていたコーヒーがすでにセットされていて、机まで綺麗になっていた。

「芳野、お前どうやって手なずけたんだ？」

「手なずけたわけじゃ……」

「私、仕事もちゃんと頑張らないといけないってわかったんですぅ」

「……ああ、そう。き、期待してるね」

いつまで続くかわからないけど、仕事する気になったんなら良かったよ。

「芳野、懐かれてるみたいだし、引き続き頼むよ」

室長に肩を叩かれる。心入れ替えたからって仕事ができるようになるとは思えないけど。まあ、バカにされるよりましか。そう思って先日の商品のデザインの指示書を書くようにお願いした。しかし今まで右から左に流して聞いていたらしく、また一から説明する羽目になった。

はあ。もう、真面目にやるならいいよ。

真剣に指示書に向かう恵恋奈を横目に、ざっと去年の売り上げのデータを眺める。意識してそれを見ると今までの感覚とまったく違って見えた。今までは前年度までのデータを元に大体の生産量を決めていたけど、今は量販店全体の種目ごとの売り上げがすでに頭に入っていた。

これがヴァンパイアの能力なら普通の人間がかなうわけがない。私はまだ誰の血も入れていないから、たいして能力も上がっていないはず。なのに記憶力も半端ない。瑞喜は『一花さんが飲むのは僕の血だけだからね』と血を飲むように促してきたけど怖くてまだ飲んでいない。血の効力は一カ月ほどしかないらしいんだけど……。

すごいな、ヴァンパイア。

でも。

ホント、なんで……。憎らしいのに、憎み切れない。瑞喜め……。だから、毎回、ピルでしか避妊しなかったんだ。確かに、子供はできないんだろうけど、くそう。ああ、これが惚《ほ》れた者の弱みか。覚悟もできない小心者の私を追い込む手腕もヴァンパイアだからか。

「芳野せんぱーい、あれから彼氏と盛り上がったんですか？」

　クフフ、と恵恋奈が言う。盛り上がったもなにも……。

「告白後のエッチって燃えますよねえ〜」

「え、ええ？」

　言われた瞬間、顔が赤くなるのがわかった。まあ、言われてみれば燃えに燃えた。色々とあったけど。

「ところでぇ。芳野先輩はぁ、恋人は瑞喜さんで決まりなんですかぁ？」

「そんなの決まってるでしょ。私、そう言ったし」

「だってぇ、レオン様も『恋人候補にしてくれ』って言ってたじゃないですか。すぐ決めてしまうのは勿体《もったい》なくないですか？」

「はあ？」

「絶対、ユーリ様も芳野先輩のこと狙ってましたよ？　わー‼　ドラマみたい！　超絶美男子に取り合いされる、ちょっとばかし綺麗な平凡！　ワクワクが止まらないですぅ‼」

「いや、ないから」

　悪かったな！　ちょっとばかし綺麗な平凡で！　ほんと失礼なんだから！

「顔面偏差値が高すぎて三人とも甲乙つけがたいですよねぇ〜。レオン様二十四歳で、ユーリ様は二十五歳。瑞喜さんは二十歳でしたっけ？　あーでも芳野先輩二十八だからな

〜。やっぱ歳が近いのならインテリそうなユーリ様？　モロ金髪王子様はやっぱりレオン様。ああ。素敵！　まあ、溺愛具合は瑞喜さんには敵わないですけど〜。毎日先輩のこと迎えにきちゃうんですもんねぇ」

「え。ちょっと、なんでそんな情報持ってるの？」

「先輩の恋、見守らせていただきますからね！　ＳＮＳでグループ作ったんで芳野さん招待します！」

「まて！　まて、まて、勝手に私の情報流しちゃダメだから！」

「えー……レオン様もユーリ様も、とってもいい感じですよぉ」

「だったら、恵恋奈ちゃんがつき合えばいいでしょ」

「だってぇ、あからさまに芳野先輩に接触するために私の連絡先押さえてあるっぽいですよぉ、あの二人。ヴァンパイアを必死にさせるなんて、ほんと芳野先輩、神！　それに実際に会ってみて悟ったんです。ヴァンパイアとはつき合うものじゃない、鑑賞するものだって！　あの場の威圧感ったらなかったですよ。芳野先輩が平気なのが、ほんとに神ってました。私は芳野先輩の元で美男を鑑賞しながら女を磨いて、そこそこのお金持ちと結婚します！」

「……はあ。ソウデスカ。ヨカッタネ」

ダメだ。仕事するようになったかと思ったら、思考が大気圏を突破して、私が理解できない域に達している……。

「とにかく、絶対に私の情報流さないでよ、わかったわね」

ホントにスパイだったよ、この子。怖い。

＊＊＊

「手土産はケーキだけでいいんですか？」

「うちの家族はみんな駅前のケーキ屋さんが好きだから。ごめんね、わざわざ色々と予約してくれていたのに」

「気にしないでください。一花さんに聞かないで、先走って予約しちゃって申し訳ないです。すぐ取り消ししました」

「瑞喜には、おはぎがあるからね」

「楽しみです」

同棲するんですから、僕も挨拶します。そう言った彼は私の家族に挨拶すると言ってきかなかった。結婚すると息巻いていた賢人と別れて三カ月ほどしかたってないのに、新しい男と同棲なんて言いだした私。それなのに、父は黙って日を空けてくれた。向日翔は桜が出かける日を調べてくれた。あれから桜は賢人とおつき合いを続けているらしい。

「……と、いうか瑞喜、気合入りすぎじゃない？」

「一花さんのご家族には気に入られたいので」

「そ、それは嬉しいけど」

もう、瑞喜を見ると目からハートが飛び出しそう。シンプルな濃紺のスーツに、少し年齢を気にしたのか軽く後ろに撫でつけた髪。細身のオーダーメイドスーツを着こなすなんて日本人で何人いるだろうか。ああ、もう、かっこよすぎる。どうしよう、私の、こ、こ、恋人めっちゃ尊い!!

「一花さんも、素敵です」

蕩《とろ》けた目で私を見つめる瑞喜。どうしても、というので今日は私も彼が選んだ服を着ている。濃紺のアシンメトリーに広がるスカートはまるで瑞喜のスーツとお揃いのよう。上はクルーネックのシンプルなニット。少し長めの半そでを気に入って喜んで袖を通したら、誰もが知ってるハイブランドのタグがついていた。……おそらく、これだけで七万はするだろう。彼が私のために勝手に揃えてるクローゼットは怖いから開けたくない。しかしこんな人をうちのうん十年前に二万五千円で買ったボロソファに座らせてもいいんだろうか。

「着きました。瑞喜様、頑張ってきてください」

「ありがとう、八島」

「あーいや……頑張るような家族では」

どうしても履いて欲しいと言った瑞喜のリクエストに応えて白いパンプスに足を入れ

た。電車で行くと言ったら『一花さんの足に傷ができたら嫌だ。それならずっと抱きかかえていく』と言い出したので、八島さんに車で送ってもらうことにした。人生妥協も必要である。


「ただいま～。連れてきたよ」

そう言って玄関を開ける。東京に隣接する土地にある実家は最近子育て世代に人気である。築二十五年。瑞喜にとっては驚きの狭さだろうな。キョロキョロしながら彼が後ろをついてきた。

「お、お帰り、一花。……そちらが？」

「う、うん。え－、え－っと、恋人の瑞喜さん」

「一花姉ちゃん！　お帰り！　……え？」

瑞喜を見て固まる父と弟。目の玉が今にも落ちそうである。まさかこんな神々しい人を連れてくるとは思っていなかっただろう。

「立ち話もなんですから……こちらに……」

リビングに瑞喜を通した父が考えていることがよくわかる。私もそのソファはどうかと思う。あ、クッションでシミを隠した！　……なんか部屋の中がごちゃごちゃしてるなぁ。向日翔は綺麗好きだけど、父と桜はだらしないからな……。

「こ、これ、お土産です」

「どうも……」

男三人が緊張している。みんな油の切れたロボットみたいな動きだし。

「あ、お茶は私がいれるよ」

「い、い、いやいやいやいや！　俺が用意するから一花姉ちゃんは彼氏さんと座ってて！

（※訳：俺たちを残して台所に消える気⁉）」

「……じゃあ、お願いします。お父さん、こちらは瑞喜＝タイラー＝アンダーソンさん。二十歳です。若いけど研究所で働いてるの。で、こちらは父です。あっちは弟の向日翔、二十二歳。就職が決まったところなの。あと妹の桜がいるんだけど、まあそっちは知っての通りだから」

「瑞喜＝タイラー＝アンダーソンです。この度、一花さんと結婚を前提におつき合いさせていただいています」

「へえ⁉　け、け、結婚⁉」

頭を下げた瑞喜に父が素っ頓狂な声を上げた。私も結婚前提なんて聞いてない！

「ちょっと、今日は同棲するって挨拶だよね⁉」

「でも一花さん、僕と結婚してもいいんですよね」

「断ったよね⁉」

「一花さんは恥ずかしがり屋さんだな。僕にはわかるんですから。ね？」

「……き、君は、その、本気なのか？　それに、ずいぶん若いようだが……」

「僕の力の限り、精一杯一花さんを幸せにしたいと思ってます。一花さんを養えるくらいは十分稼げてますので、経済的な面ではご心配いりません。僕もビーガンですし、食事も困ることはないと思います。僕は一花さんが、魂の片割れだと思っています」

父が私をじっと見た。父の心の声が聞こえる「この美形は正気なのか」と。仕方ないのでゆっくりと頷いた。

「い、一花姉ちゃん、結婚まで話がいってるの⁉」

「いや、だからねぇ！」

お茶を運んできた向日翔の声は震えていた。そして父を見て確認する。頷きあう父と弟。どういうことよ……。

「へーえ！　私に隠れて何をコソコソしてるのかと思えば、お姉ちゃんが結婚⁉　賢人さんに振られたばかりで？　焦ってあのガリガリに頼みこんだの？」

「え？」

そこでリビングの入り口から声が聞こえた。桜だ。

「お姉ちゃんの婚約者をわざわざ見にきてあげたわよー。もちろん、賢人さんと一緒にね」

久しぶりに見る賢人が、ばつが悪そうに桜の後ろから入ってきた。

「お前たちを呼んだ覚えはないぞ？　大森さん、あなたは桜を止める立場ではないのですか？」

父はあからさまに桜と賢人に嫌悪感を示した。確かに、私を裏切った二人が私の恋人の品定めにくるなんて趣味が悪い。賢人は目を丸くして私を見ていた。

「こんにちは。私、一花の妹の桜です。前に……あれ⁉　……え、ええ？」

オンボロソファに輝く美男子が座っているのを見て桜は絶句していた。そりゃあそうだろう。

「ど、どういうこと⁉」

桜の叫びが部屋に響いた。

おはぎとケーキ

ピンポーン。

驚きで桜が大口を開けているとチャイムが鳴った。ふわりと香る匂いに嫌な予感。見ると瑞喜も驚いた顔をしていた。

「……誰かきたね」

向日翔が玄関に向かうので反射的に腕を掴んだ。

「ん？　一花姉ちゃん、誰かきたって」

「訪問販売だよ。居留守使おう」

「こんなに騒いどいて、さすがに居留守はバレるんじゃない？　すぐ断ってくるから大丈夫だよ」

「バレないって。こんな休日のこんな時間にくるなんて、きっとさ、ものすごく強引な人だよ！　そう、絶対しつこい感じだよ！」

ピンポーン。

ピンポーン。

「もしかして、お姉ちゃんの招かざる客ってこと？」

そこで、私の必死な様子に何か感じ取ったのかニヤリと笑った桜が玄関に向かった。

「ちょ、待って！　桜！」

私が桜を追うと瑞喜も心配してついてきてくれた。玄関を開けて立ち尽くす桜。

そこに立っているのは予想通りレオンとユーリだった。

「ごめん一花さん。僕、嬉しくて恵恋奈さんに会社の下で会った時、今週末に結婚の挨拶に行くって言ってしまいました。それで情報が漏れたのかも」

済まなさそうに瑞喜が私に耳打ちするが彼は悪くない。あの恵恋奈《スパイ》どうしてくれよう。

あれ？　いや、でもいつから結婚の挨拶にすり替わった……。瑞喜、わざと「結婚」て恵恋奈に言ったな……。

すぐに二人を追い返そうと思ったが、近所のおばちゃんと目が合った。朝から黒塗りの車で家に乗りつけ、さらに高級車に乗った二人の超イケメンが訪問。そりゃあ気になるに違いない。

「少しだけお時間をいただけたら帰りますよ」

言葉とは裏腹に強引な態度でレオンがそう告げた。

「ど、どうぞ！　とーっても狭い家ですけど‼」

「ちょ、桜‼」

二人の美貌に見とれた桜が簡単にうちの中に通してしまう。なんて不用心なの！　お姉ちゃんはそんな子に育てた覚えはありません！

「では、お言葉に甘えて失礼させていただきます」

「ええっ」

訪問販売より強引！　二人がすでに定員オーバーすぎるリビングに入ってきてしまった。立ち尽くす父の顎が外れんばかりに大きく開いていた。

「私はレオン＝モンタギュー、こちらは私の秘書でユーリ＝クロフォードです。以後お見知りおきを。突然の訪問、失礼します。これは心ばかりの品です」

「……きょ、今日はどういったご用件で？　一花とお知り合いですか？」

堂々と挨拶するレオンに気圧され勢いでユーリから手土産を受け取ってしまう父。

「失礼ですが一花さんはまだそちらのアンダーソンさんとのおつき合いは浅いのでしょう？」

レオンがみんなに確認するように言うと、さっとユーリがタブレットを出してスクロールした。

「おや？　いらしていたんですね。元々はそちらの大森賢人さんとおつき合いしていた一花さんですが、大森さんが心変わりして妹の桜さんとおつき合いを始めたので身を引いたのです。まあ、いわゆる『二股』ですね。レオン様、私の調べではそれが四カ月ほど前です。すぐにお二人がつき合いだしたとしても、さほど長いつき合いではありません」

ユーリがレオンに身も蓋もない報告をして、賢人が「うっ」とうめき声を上げていた。

「単刀直入に言います。アンダーソンさんは一花さんよりずいぶん年下ですし、結婚は時期尚早では？　燃え上がった気持ちで結婚を決めて、後悔するのは若い男によくある間違いです」

「は、話が見えないんですが、あなたはつまり、一花とそちらの瑞喜くんが結婚するのが気に入らないのですか？」

「気に入らないというか。私も一花さんの結婚相手の候補にしていただきたいのです」

「……はあ？」

レオンの言葉にユーリ以外が口をぽっかりと開けた。なにがどうしたらそうなる？

「説明があったかは存じませんが、私と秘書のユーリ、そしてそこのアンダーソンさんは『ヴァンパイア』です。きっと、ヴァンパイアとの婚姻について知らないことが多いでしょうし、そのメリットなどを踏まえてから一花さんには伴侶を選んで欲しいのです。もちろん、私を選んで欲しいと思ってます」

簡単に自分たちがヴァンパイアだとバラしたレオンに頭が痛い。なに、この状況。誰もオンボロソファに座ることもなく立っている。だってこの狭い空間に父、弟、瑞喜、私、桜に賢人、レオンにユーリだ。完全に無理がある。

帰れぇ！　お前たち帰ってくれー‼

「あ、あの、ヴァ、ヴァンパイアのあなた様が、お姉ちゃんに求婚しているってこと⁉　アラサーで冴《さ》えないお姉ちゃんに⁉」

桜が悲鳴のように叫んだ。事実だとしても、よくそんなこと言えるな。ムッとしているとなぜかみんなの視線が私に集まった。

「冴えない？　一花さんは魅力的ですよね？」

瑞喜が代表するように言ってくれるけど、それは彼の強烈な色眼鏡のせいだ。

が。

「桜、お前昔から一花お姉ちゃんのことをひどく言うが、タイプが違うだけで一花お姉ちゃんは美人だろ？　桜より劣るってことはないと思うぞ」

父がまさかの援護に入った。

「え？」

「それ、俺も思ってた。桜って昔から私の方が美人だって言うけど、客観的に見て桜が勝ってると思ったことない。一花姉ちゃん、美人じゃん。しかもお前、年増とかよく言うけど、今、見比べると姉ちゃんの方が年下みたいに見える」

それに向日翔が加勢した。

「え？　ええ？」

瑞喜と身内に褒められてすごく恥ずかしい。それ、みんな色眼鏡だし！　やめてぇ。

「私も一花さんがいいです」

「俺も」

黙っていたレオンとユーリまでもが！　やめろ！　お前たち、なにが目的だ！

「確かに、俺がつき合ってた時より綺麗になってる」

賢人までそんなことを言いだして、

「どういうことよ!!」

桜の怒りが爆発した。

＊　＊　＊

「どうぞ、召し上がれ」

どうして勝手にきた奴らにふるまわないとならないのか。ダイニングテーブルに桜と賢人、父と向日翔が座ってケーキを食べる。三個か五個か悩んだけど五個にしてよかった。

そしてリビングのボロソファに、レオンとユーリ、折り畳みテーブルを出して向かい側の座布団に座った私と瑞喜。こちらのテーブルには、おはぎがふるまわれていた。

「急に一花さんの実家に押しかけて、図々しすぎやしませんか？」

「本当にね……それ食べたら帰ってくださいよ」

私と瑞喜が不満たっぷりにレオンとユーリに言っても、二人はもう私の作ったおはぎに目が釘《くぎ》づけだった。もう、ほんとなんなの。

しかし父が押し付けられた手土産をうっかり受け取ってしまったので仕方がない。中身はワインだったのだが、あのワインいくらなんだろう。きっと知らずに飲む方が幸せだろう。

「うん、美味しくできた」

程よいつぶし加減のあんこともち米をフォークで一口に切りわけて口に運んだ。自分で言うかって話だけど、瑞喜の家にある最高級の材料で作るとやっぱり味が違う。

「はあ、美味しい。美味しいです、一花さん」

瑞喜はいつも通り絶賛してくれるけれど、あとの二人は無言だった。やはりいつもはプロの料理しか口にしていないお二人には粗末すぎたかと向かい側を窺った。

「え……」

レオンは夢中でフォークを動かし、ユーリは涙を流していた。なに、どうなってんの⁉

「ここまでとは……」

「うう、俺、……俺……」

「あーあ、やっぱり」

二人の様子を見て瑞喜がヤレヤレといった顔をした。

「どういうこと？」

「作る段階でどうしても作り手の匂いが移るんです。普段から二人は料理人の匂いがついたものを仕方なく食べているんです。でも一花さんが作ったものは、一花さんの匂いがついていて、料理が余計美味しくなる」

「はあ……」

「一花さんがヴァンパイア専門のお食事処を作ったら、すぐ億万長者になれると思うよ」

「またまたご冗談を」

「……このおはぎ、もう一ついただきたい。金に糸目はつけない」

鼻水まで垂らしておはぎを食べているユーリにドン引きである。なんなの。先にティッシュを渡す。

「私ももうひとつ」

金髪の王子様までおかわりか。ほんとなんなのよ。

二十個も作って持ってきたおはぎは、私が自分で食べた一つと母の仏壇に供えた二つを除いてヴァンパイア三人で取り合いになった。ユーリとレオンは四つずつ食べて（結構大きめだったんだけど）二つずつお土産に持たせることに。ちなみに瑞喜は五個も食べていた（フードファイターか！）。はあ、とため息をつきながら、流しにお皿とフォークを下げていると桜が食って掛かってきた。

「お姉ちゃん、どこで三人もヴァンパイアに知り合うのよ。しかも、あの金髪の人、吉井

「……知り合おうと思って知り合ったんじゃない。それに瑞喜と桜は前に会ってるよ。家に私のこと迎えにきてくれてたでしょう？　あの時はガリガリだったけど」

「え？　あの時のキモかった人だったってこと？　嘘！　なんで、あんなにかっこよくなってんのよ！　お姉ちゃんばっかり、なんで⁉　誰捕まえてもセレブじゃん！　人にはヴァンパイアなんて高望みするなって言ってたくせに！」

「私の恋人は瑞喜だし、別にセレブになんてなりたいと思ってない。杉並区の2ＬＤＫの部屋借りて住むの。築四年で綺麗だよ」

「はあ⁉　じゃあ、あの金髪の人か茶髪の人もらっていい？　だいたい、ヴァンパイアで築四年の2ＬＤＫって何⁉　あの中じゃ黒髪の人が一番若くてハズレじゃん」

「ちょっと、桜！」

「あっ……」

　桜の発言で、隣にいた賢人が苦虫を噛み潰したような顔をした。久しぶりにみる賢人は瑞喜を見慣れてしまったせいか、うすぼんやりとした顔に見えた。……もっとカッコいいと思ってたんだけど。

「俺もちょっと桜ちゃんとの将来は見えないなって思い始めていたところだから。桜ちゃんがあの人たちがいいって言うなら、別れてもいいよ」

　桜の発言に呆《あき》れたのか賢人が声をあげた。

「え。賢人さん……？」

「一花の妹に手を出したんだ。責任があると思って桜ちゃんと別れられなかった。ちょっとお金使いの荒いところとか人に対する横柄な態度とか、最初はそんなところも無邪気で可愛いって思ってたけど、これからずっとそれかと思うと耐えられない」

「ちょ、何よ！　それ！」

「今だってあんなすごいイケメン見て心が揺らいでるんだろ？　ヴァンパイアなんて俺だって初めて見たよ」

「まあ、そうだけど。だってしょうがないでしょ？　ヴァンパイアだよ？　結婚したらウハウハじゃん」

「じゃあ、別れよう」

「……それでいいけど」

　立ち上がった賢人はさっさと出て行ってしまった。嘘……。

「ちょ、ちょっと待ってよ、私のこと二人して裏切ったくせに、そんなに簡単に別れるって言うの？　桜！　追いかけなよ！」

「お姉ちゃんが悪いんじゃん。こんなすごい人たち連れてきて私に見せびらかすから！」

「勝手に賢人を連れてきたのは桜でしょう？　しかも私の恋人の品定めするために！」

「いいじゃん。それよか三人もズルい。私に一人寄越してよ。ああ、二人でもいいや。そうね、お姉ちゃんは一番ハズレでいいんだから、いいよね？」

「ちょっと。言っておくけど、瑞喜はハズレじゃないし。私は瑞喜がいいの。あんたに『キモい』って言われた瑞喜がね。あの二人にアタックするならお好きにどうぞ。別に私には関係ない人たちだから。ただし、瑞喜に手を出したら絶対に許さないから」

「あんなハズレには手は出さないっての！」

「おい」

我慢ならなくなって、腹の底から声を出すと桜が息をのんだ。

「もう一度、ハズレだの、瑞喜にひどいこと言ったら、地獄見せてやるからな」

桜が私の顔を見て、青ざめた。こんなにきつく桜にものを言うことはないからだ。ビビるくらいなら言うなって。今度言ったら、それこそお仕置きしてやる。

「一花さん、このお皿、どこにしまいますか？」

そこへ、瑞喜が入ってきた。今の話、聞こえてないよね？　母の小さな仏壇の方を向いてケーキをつついていた父に、ごまかすように話しかけた。

「お父さん、ごめんね。こんなはずじゃなかったんだけど。引っ越したら住所とか連絡する。ちょっとあの人たちややこしそうだから、このまま瑞喜とこっそり帰っていい？」

瑞喜がこちらにきたのをいいことに抜け出すことにする。いつもはピリッとした雰囲気の二人なのに、おはぎでずいぶん気持ちが飛んでしまっているようだ。逃げるなら気の緩んだ今しかない。

「わかった。適当に時間を稼いでから放り出すよ。引っ越しに手伝いが必要だったら連絡してくれ」

「うん」

「瑞喜くん、一花を頼むよ」

「はい」

お土産のおはぎを囮《おとり》に、容器はどれにいれようか、なんてのらりくらりと父がレオンとユーリを引き止めている間にそそくさと実家を離れた。後がどうなったか知らないが父が上手くやってくれただろう。ただその夜、ちょっと心配になってブロック解除した賢人からきたメッセージには呆れてしまった。

ヴァンパイアと母心

瑞喜のマンションに戻ると、スマホにメッセージが入っていることに気がついた。今更ながら賢人である。別に悪いことをしているわけではないけど、ソファにくっついて座る瑞喜に見えないようにスマホの角度を調整した。桜と別れてしまってよかったのだろうかと、ちょっと心配だった。

『一花には本当に悪いことをした

桜ちゃんに心移りするなんて
どうしてバカなことをしたんだろう
本当に必要だったのは一花だったのに
一花。俺だけの一輪の花
どうか、俺を許して
俺の花瓶に戻ってきてくれないだろうか』

「……」

賢人は何を思ってこんなメッセージを送ったんだろう。むしろドン引き。ポエムか。花瓶てなんのこと？　怖い。サクッと賢人からのメッセージをブロックする設定に戻した。

ああでも、これっぽっちも賢人とやり直す気持ちがないことに驚きだ。

「一花さん、どうかした？」

私の肩に頭を乗せていた瑞喜がぐりぐりしてくる。私に構って欲しいとか可愛い！　と思いながら、ふと実家での桜の暴言を思い出した。あいつ、ほんとに許さん。

「なんでもないよ」

「……やっぱり、レオンやユーリの方が良かった？」

「え？　もしかして桜の話、聞こえてたの？」

「僕、耳が良くて」

「桜がまたひどいこと言ってごめんね。悔し紛れに言っただけだろうし、瑞喜は桜が拝んでもお釣りのくる最上級のイケメンだから」

「それは別に気にしてないですけど、あの二人と比較されると気分は良くないかも……一花さんもあの二人の方がカッコいいって思いますか？」

「ないない！　私は瑞喜が飛びぬけて素敵だと思ってるよ」

そう言うと瑞喜の顔がパアアと明るくなる。吸い込まれるような青い瞳の美しい顔が近づいてきて焦る。またなし崩しにキスをしてしまいそうだ。

「あのさあ、瑞喜。やっぱり引っ越し中止しようか。契約は済んでるから違約金は払うことになるだろうけど……」

「どうしたの？　一花さん。通勤は八島が送るから大丈夫だよ？」

「あーいや、そうじゃなくて。今日実家に瑞喜が挨拶に行ってくれて思ったんだ。狭い家に瑞喜は似合わないって。瑞喜にはここが似合ってる」

「でも、一花さんは、ここだと息が詰まるんでしょ？」

「……私には杉並区の2LDKでも贅沢だけど、瑞喜の価値を下げたみたいで申し訳ない。瑞喜はこのマンションに住めるような人なのに」

「人から見られる価値なんてどうでもいいです。一花さんが僕を選んでくれたらそれでいいから。セキュリティのことを考えるとここの方が安心だけど、どこに住んだとしても伴侶一人守れなかったら、それこそヴァンパイアの名が泣きますしね。うーん、なんていうかな、僕たちの血族は、代々受け継いでいる資産があるからお金に困ることなんてないし、よっぽどのことをしないと一代くらいじゃ使い切れないんです。僕自身もずいぶんお金は持ってると思うし、一花さんもヴァンパイアになったから、その気になればひと財産築くのも簡単ですよ」

「え、そうなの？」

「お金は経済がまわるから、両親からもどんどん使えって言われてます。それが一花さんの心の負担になったのかな？　とりあえず引っ越しして住んでみましょうよ。僕はこないだから一緒に家具を見たり選んだりして結構楽しんでいたんだけど、一花さんはつまらなかった？」

「ううん、瑞喜とあれこれ選ぶの、楽しい」

「食器とかも揃えましょうね」

「うん」

にっこり笑うイケメン。……なんか内面までイケメン。でも、いいのかなぁ……。きっと食器だって、どんな高級品でも揃えられるのに私と千五百円のマグ一つで悩んでて。

——でも、だからって急に買おうかと言われても、価値がわからない高級品を買うのは私には無理だ。

瑞喜は好きだけど……。

こんなに色々私に合わせて尽くしてくれる彼に、全てを委ねて好きになれないズルい私。

ふう……。

ピコン、と今度は瑞喜のスマホの通知音がした。

「あ、一花さん、僕の母から今度お茶しないかってメッセージがきました」

「お母さんて、茜さんだよね？」

「ええ。できれば二人きりでって……。意地悪とかをするような人じゃないけど、嫌なら断っていいですよ」

「ううん！　行く！　お茶したい！」

きっと瑞喜のお母さんが私の話を聞いたら、息子と別れろと言うはずだ……。こんなにも好き好き言ってもらっておいて、同じだけ好きになる自信がない。そうだ、こんな中途半端な思いしか返せない嫁なんていらないはず……。少なくとも、まだ結婚とかは先延ばしにできるかも。


その週の土曜日、指定されたのは代官山のカフェだった。てっきり銀座か白金かと身構えていたから意外だった。行きは瑞喜が八島さんの車で送ってくれて、絶対に迎えに行くから帰りも連絡して、と念を押された。若作りにならないかと少し不安なストライプのワンピースにカーディガンを羽織ってきた。瑞喜と八島さんは『似合っている』と言ってくれたが、あの二人は何を着ていても褒めるのであてにならない。ガラスに映った姿を見て帽子の位置を直していると店内の人に手を振られた。

「あ、茜さん！」

外見を気にしていたのがバレバレで恥ずかしい。急いで店に入ると茜さんがこちらを見て手まねきしている。つやつやした長い黒髪、これでもかと長い睫毛《まつげ》に覆われた黒い瞳は白い肌を際立たせていた。

う、美しい。美女というより、美少女のような危うさがある。これで百歳超えてるとか、ヴァンパイア恐るべし。ふわりと漂う百合の花のような香り。フムフム。これが茜さんの香りか。

「今日はきてくれてありがとう。どのお茶にする？」

フレーバーティーのお店らしく、メニューにはさまざまな種類が載っていた。どうしよう、ワクワクする。嬉しい。さんざん悩んだ私はオリジナルフルーツティー。茜さんは緑茶ベースのカボスブレンドにしていた。とにかく、思っていることは先に伝えようと決めていた。お茶が目の前に運ばれてから一呼吸置くと、私は茜さんと向き合った。

「私は瑞喜さんにとても大事にしてもらっています。でも、今は同じだけ気持ちを返せません」

はっきり宣言して『年下を弄んでひどい！』となじられることを覚悟していたのに、茜さんの意見は全然違ったものだった。

「いいんじゃないかな」

「え？」

「初めからめっちゃ好き同士でなくてもいいじゃない。一花さんがちょっとでもタイラーのことを好きでいてくれるなら十分よ。タイラーの方がきっと今百六十パーセントくらいで一花さんのことを好きだから、一花さんは四十パーセントくらい好きでいてくれたらいいよ。あのね、一花さん。レオンみたいにふらふらしてるのもいるけど、この人って決めたヴァンパイアの男性の愛は重いのよ～。だって生涯かけてたった一人の女《ひと》を自分のヴァンパイアに変えちゃうんだから。でも、された方はたまったものじゃないわよね。私もなんの説明もなしにヴァンパイアにされた時は、腹が立って一年くらい家出したもの」

「ええっ」

「結局、マクミランに見つかって、泣き落としされたけどね。だって、ヴァンパイアになるのよ？　一花さんだってタイラーから逃げることもできるわ。まあそうするとタイラーは飢え死にコースだけど、ヴァンパイアは丈夫だし三カ月くらいなら大丈夫なんじゃない？」

「茜さんもヴァンパイアになってからの説明だったんですか？」

「もちろんよ。私の場合は血を提供する一族だったけど、それでもヴァンパイアのことは教えてもらえないのよ。まあ、そりゃそうよね。五百年も長生きするって先に聞いてたら逃げ出すわよ。私なんてマクミランと出会ったのは四十歳の時よ？　あの人は二十歳だったもの。信じられる訳もなかったわ」

「え……と、お生まれは明治時代？」

「あの時はまだヴァンパイアなんて言葉はなかったから『鬼』と言っていたわ。外国人が鬼に見えてもおかしくないでしょ？　ある男の血の提供者だった私を、マクミランが騙《だま》して攫《さら》って行ったのよ。まあ、それには色々訳もあったけれどね。私とマクミランの話はいいわ、恥ずかしいから。とにかくヴァンパイアの血族に入ると、体が作り替えられてしまうの。ちょっとした超人的な……」

「私、正直ヴァンパイアの価値観についていけなくて。まだ瑞喜さんの血も飲んでません」

「え？　飲んでないの？　そっかー。タイラーが焦る訳ね。まあ、その辺は一花さんのタイミングでいいんじゃないかな？　あのね、一花さん。私は一年逃げていろんな経験をして、やっと納得したわ。相手をヴァンパイアにするってことは同等の力を与えることなの。よっぽど相手の心を摑まないと逃げられてもおかしくないのよ。だからタイラーは必死なの」

「……」

「あなたは逃げなくてえらい。だからタイラーにわがまま言って、時間をかけて納得すればいいの。だってこの先長いのよ～。普通の人としては生きていけないし贅沢も飽きちゃう。自分の肉親は先に逝ってしまう。歳もとらないから戸籍もたびたび変わる」

「……はあ」

「ヴァンパイアは結局、孤独に耐えられずに伴侶を作る悲しい生き物なのよ。ところで一花さん、タイラーの瞳はまだ青い？」

「へ？　……ええ。青いですよ」

「もしも一花さんが私みたいに雲隠れするなら、私がお手伝いしてあげる。でも、そうするならタイラーの目が青いうちよ」

「色が変わるんですか？」

「うーん。もしかしたら変わらないかもしれないけど」

「かもしれないけど？」

「変わったら……逃げられないからねぇ。変わらないことを祈るわ。実はね、一族に入るとお披露目があるの。一花さんはヴァンパイアになったばかりだし、もう少し時間を空けてもいいんだけど、これは絶対に避けて通れないのよ。お披露目しておくと、ヴァンパイアとして生きていくのに必要なことを助けてもらえるからね。例えば戸籍をいじるとか、パスポートなしで世界中どこへでも、行けるようになるのよ」

「はあ。でも、それってヴァンパイアの集まりですよね」

　必要と言われてもピンとこないし気が重い。

「ごめんね。こればっかりは避けられないから。私も手伝うね」

「せめて先延ばしで」

「うん。できるだけ延ばしてあげるから任せて。とりあえずタイラーとの同棲生活を楽しんでね。では、硬い話はここまで。さあ、じゃあちょっとお金使うことに慣れておかない？」

「え……」

「高級品ばかり買わないといけないものじゃないでしょ?」

にこっと茜さんが笑って、私をそのままショッピングに連れて行ってくれた。そっか。これが銀座や有楽町だったらしり込みしていた。茜さんの心遣いが見えてとても嬉しい。久しぶりに体の中の女子成分が騒ぐ。茜さんが紹介してくれるお店はとても趣味が良くて可愛いものがいっぱいだった。ぶらぶらと代官山から表参道に向かって歩きながら楽しい時間を過ごした。

「一花さん、ごめんね。あなたがヴァンパイアになるって知ってて、私も黙ってた。しかもあなたが一族に入って嬉しく思ってるの。その償いとしてあなたが何か困った時は絶対に力になるって誓う。母としてタイラーを救ってくれて本当に感謝してもしきれない」

「茜さん……」

「これを渡しておくわ。私の個人資産の一部だから足もつかないし限度額はないから」

茜さんが私にカードを渡してくれた。なんだ、このカード。見たことがない金ぴか……こ、こ、怖い。押し返そうとしたら反対に包むように手を握られた。

「え、困ります!」

「女にはいざって言う時に役立つものも必要よ」

ふわり、と百合の香りが濃くなった。

「……ありがとうございます」

「あと、瑞喜が渡してるピルだけど、あれ、本当はただのラムネなの。ヴァンパイアはお互いに百歳を超えないと妊娠しないから。ごめんね、騙してたみたいで。飲まなくても大丈夫だからね」

「え。も、もしかして瑞喜の言ってた知り合いの女医さんて……」

「うん、私。瑞喜に呼ばれて下着持って行った時はどうしようかと思った！　何か体調で不安なことがあったらいつでも相談してね」

「――！」

「あら、もうお迎えがきたわ。マクミランもタイラーも、せっかちなんだから。一花さん……ありがとう」

その時、こっちに向かってくる瑞喜とマクミランさんを見ながら、茜さんが嬉しそうに目を細めた。こんな表情を見てしまって私は瑞喜の元を離れることができるのだろうか。

「一花さん、帰ろう」

マクミランさんと茜さんに挨拶して、八島さんの運転する車に乗り込んだ。滑るように車が出発する。いつもなら私を見つめる瑞喜が今日は外の景色を目で追っていた。

「一花さんは僕から逃げたい？」

「えっ⁉　どうして？」

「母は僕から逃げるなら手伝うって言ったでしょ」

「……」

「母も少なからず恨んでいるでしょう……ヴァンパイアにされたこと。一花さんも逃げる？」

「バカね……泣きそうな顔して言わないの」

しょぼくれた番犬にキスをする。私の番犬には立派な牙もある。

はあ。逃げたって捕まえにくるに決まってるくせに。

「もっと……」

瑞喜が拗《す》ねた顔でそんな可愛いこと言う。ああ、もう。ぐっと腰を寄せられてキスを深くする。想いを重ねるように、丁寧に。

あんまりにも愛が重くて、どうしていいかわからなくなる。茜さんが百六十パーセントといっていたのもあながち間違っていない気がする。

――そして日曜日。

私たちは麻布の高級マンションを出て、杉並の２ＬＤＫに引っ越したのだった。

＊　＊　＊

新居は一つの建物に真ん中の階段を挟んで四戸部屋があるタイプだ。だからご近所さんは三世帯。いずれも新婚さんで、階段を挟んで隣の部屋の奥さんは妊婦さんだった。挨拶に石鹸《せっけん》とタオルをもっていくと、みんな優しそうな人たちで安心する。

リビングのカーテンは生成りの格子柄にした。部屋が明るく見えて正解だった。家具やインテリアはほとんど新しく買いそろえた。結局、お金はほとんど瑞喜が出してしまった。私が買ったのは窓際に並べるグリーンとリビングに置いた若草色のソファくらい。二人で吟味した黒のランプシェードに思わずニヤニヤしてしまう。シンプルだけど最高におしゃれだと思う。床に敷いたミルク色のラグは瑞喜が選んだ。

結局、私のわがままだけで引っ越した感じだな。申し訳ない。まだまだ食器を出したりと、しないといけないこともあるけど、お互いの荷物も（麻布に置いてきてるし）少ないので思っていたより引っ越しはスムーズに済みそうだ。

「僕、一花さんが引っ越ししたいって言いだした時ショックだったけど、二人で色々選んで今この空間に一花さんといて、すごい幸せ。とっておきの空間って作るものなんだね。こんなに楽しいなんて思わなかった」

そんなふうに言ってくれる瑞喜に頬がゆるむ。

「さ、じゃあ、やっぱり引っ越し蕎麦《そば》かな」

段ボールから探し出した鍋で蕎麦をゆで、リビングのテーブルに乗せた。蕎麦を音を立てて食べられるようになった瑞喜が嬉しそうにしている。私もとっても幸せを感じる。

「ネギ、もっと入れる？」

「うん」

ちょうどいい器がなくてお揃いで買ったマグカップに入れたつゆ。私がネギを差し出せ

ば、瑞喜が当然のように自分のマグにネギを放り込んだ。これは、ちょっと幸せかも。
まだ開けていない段ボール箱に囲まれながら私と彼の新生活がスタートした。

四章

ヴァンパイアと取り引き

「一花さん、これってもう洗っていいですか？」

「え。それは洗濯機で回しちゃいけないよ。だったら代わりにシーツ洗って」

「はい」

一緒に生活していくと互いの嫌な面が見えてくるのが同棲《どうせい》なのだと思っていたけど……。瑞喜は尽くし系男子で炊事以外のことは何でもやろうとする。いろんなことに興味津々である。そういえば家電を購入する時の気迫が違った。炭酸水メーカーを欲しがったのは瑞喜だ。

うーん。これで靴下脱ぎっぱなしでイライラとかさせられていたら私の瑞喜好きメーターが下がるのに、嫌いになるどころかますます好感度が上がってしまっている。彼は私がいない日は研究所に出勤してるけど、リモートワークで済ますことも多い。もともとお金を稼ぎに通っているわけではないようだし、最近は家事をするのが楽しいようだ。

このまま一緒に暮らすだけだったら、別に問題ないんだよなぁ。

ゴウンゴウンと洗濯機が回りだす。しかし、土日に家にいると瑞喜がやたらと洗濯機回すんだけど、どれだけ洗濯好きなのよ。

「一花さん……しよ」

そして、洗濯機が回り始めると私のところにくるのがルーティンのようだ。ソファでテレビを見ていると後ろから抱きしめられる。昨日もあれだけしておいてよく飽きないな……て、私もか。

「ふ、あぁぅ」

Tシャツの裾から入ってくる手が、簡単にブラのホックを外して膨らみを摑《つか》む。先端を円を描くように指で刺激されながら揉《も》まれると、私の口からはすぐにいやらしい声が零れた。

完全に瑞喜に後ろから抱え込まれると、そのまま彼が私の首筋を吸い上げる。吸血させるのは月に一回と決めているけど、気持ちが高まると首を嚙《か》みたくなってしまうようだ。最近、その気持ちがわかる。なぜなら私も瑞喜の魅力的な首を嚙みたくて仕方ないから。

体を回転するようにソファに寝かされて、瑞喜が上にのしかかってくる。自分のTシャツを乱暴に脱ぎすててからまた顔を近づけてくるのが、もう色っぽいのなんのって。あぁ、もう首から鎖骨のラインに目が釘《くぎ》づけになってしまう。ふわり、と彼の匂いが香ってくると共鳴するように私の匂いも立ち込める。

「一花さん？　……もしかして飲みたくなった？」

「……うん」

「飲んでもいいんですよ？　それに能力が発現しても一時的なものだから心配しないで」

「う……ん」

でも、この吸血という行為自体に抵抗があるのだ。牙で人の皮膚を噛み破る行為というのがどうしても躊躇《ちゅうちょ》してしまう。瑞喜に吸血されるのは、気持ちいいまま終わるからいいんだけど。正直、潜在能力が発現するっていうのも怖い……。

「でも、僕以外の血はダメだからね。浮気になるから」

「んうっ……」

瑞喜の指が口の中に入ってくる。ダメだ、そんなことでも感じてしまう。押し込まれた指を必死に舐《な》めていると、ふ、と瑞喜に笑われる。

「一花さんの牙……可愛い」

ちゅぽんと指を抜いた瑞喜が今度はキスをしてくる。私の唾液で濡《ぬ》れた指がショーツに侵入する。

「んんっ！」

慣らされた入り口は、もう期待で溢《あふ》れた愛液でぬるぬるだった。

「ひうっ……ああ」

親指で敏感な粒を刺激されながら指がぐっと中を探ってくる。もう、私が感じる場所なんて知りつくされている。

「一花さん……僕だけって誓って」

「う……んんっ。は、はぁ……ち、ちか、ちかうぅっ……」

「大好き。じゃあイかせてあげるね」

優しいんだか意地悪なんだかわからない。でも、もう気持ちのいいところを擦り上げられて頭が真っ白だ。

「あっ、あっ、ああっ、あああああーーっ……」

瑞喜の背中に手を回しながら、私は簡単に高みに導かれてイってしまった。

週末は出かけないとこの乱れた性生活が続いてしまう……。

ぼんやりとそんなことを考えているうちに足を広げられて、瑞喜の侵入を易々と許してしまう。これで拒める人がいれば仙人になれるに違いない。

「気持ちい……ああっ」

「一花さん、奥が好きだもんね……はっ」

ガツガツと腰を打ちつけられながら、快感に体が揺れる。結局、その週末もイチャイチャに時間を費やしてしまった。

＊　＊　＊

瑞喜という沼に足を滑らせてしまい、もう取り返しがつかないほどずぶずぶと沈んでしまっている。まったくなんてこった。これでヨレヨレで出勤なんてことにでもなったら文句の一つも言えるのに、肌はつやつや体は爽快である。もう瑞喜が手放せない。まるで麻薬かなにかのようだ。

「せんぱーい！　引っ越し落ち着きましたぁ？　引っ越しお祝いしに行きたいですぅ」

「え。ダメ。しなくていいし」

「えー‼　なんでですかぁ！　ひどいですぅ！」

「大体、引っ越したのなんで知ってんのよ⁉　誰に頼まれた？　もう騙《だま》されないからね」

「たっ、頼まれてなんか……。芳野先輩の恋の行方を応援しているのに」

「絶対、面白がってるよね！　この確信犯！　今度、住所漏らしたら許さないからね！」

恵恋奈に釘を刺しておく。この子は一本では足りない。何本も刺しておかないと。ぷんすか顔もまったく可愛いと感じない。

「なあ。こないだの注文数、ロスがほとんどなかったって。すごいな、芳野」

「え？　そう？」

葛城が嬉《うれ》しいお知らせをしてくれた。毎回量販店の発注数量は規模が大きいだけに当たる当たらないの差が激しい。それもあってロスを出さずに生産していくのは、なかなか難しいのだ。初回を少なめに生産してバカ売れしてしまうこともあれば、売れると見込んで全然売り場で動きがないこともある。

「生産管理の木谷《きたに》さんが驚いてたよ」

「たまたまだよ。でも、会社に貢献できたなら嬉しい」

「俺の担当のスポーツブランドとのコラボの数量も相談させてよ」

「いいよー」

——これもヴァンパイアの第六感的なことだったりして。

「あー……あとさ、向日翔から連絡きた？」

「きてないけど、なんかあった？」

「うーん。言うなって言われてるんだけどさ」

「なに、そのますます聞きたくなるフレーズ」

「ちょっと桜ちゃんが荒れてるらしくてねぇ。素行の悪い連中とつき合ってるみたい」

「……はあ。そりゃ向日翔も気を使って言わないね。葛城、教えてくれてありがとう」

あーあ。桜はどうしようもないなぁ。きっとレオンとユーリに歯牙にもかけられなかったに違いない。そりゃそうだ、あの子は雑食だもの。レオン達には匂いが無理なんだろう。

せっかく私から奪ったはずの賢人とも別れちゃったら、そりゃあの性格だもの。荒れるよねぇ。状況を向日翔に聞いてみるか。

そうして休憩時間にメッセージを打った。

『桜のこと聞いたよ！

どんな状況？』

するとすぐに既読がついた。

『どうやら、やばいところから金借りたみたい
　昨日から帰ってこない』

「はあ⁉」

ダメじゃん！　それ、ダメなヤツ！

とりあえず実家に帰って話を聞かなきゃ。瑞喜にも『今日は桜が一大事なので実家に行く』とメッセージをいれた。すぐに『僕も行きます』と返信があった。

桜のことが気になって、午後からはずっとソワソワしてしまった。恵恋奈が絡んできそうだったので、簡単に葛城にも話を入れておく。葛城が恵恋奈を引きつけてくれたおかげで、終業時間ぴったりに退社することができた。

だがしかし。

会社を出たところで、ユーリが道を塞ぐように立っていた。どうして急いでいる時に限って出てくるかな！

「何か用ですか？」

「お願いだ。レオン様にもチャンスが欲しい」

「急いでるんで、その話はまた今度でいいですか？」

「タイラーの牽制《けんせい》がひどくて、なかなかあなたに近づけないんだ。レオン様は杉並のご自宅の方で待たれている」

「ちょっと、自宅情報、どこで仕入れたのよ！　まったく！　どっちみち今日は実家に行くからレオンには帰ってもらって！」

イライラしながら対応していると向こうから瑞喜が現れた。

「ユーリ、一花さんに何の用？」

スッと現れた瑞喜は私をユーリから庇《かば》うように立った。もう、あのガリガリぺらぺらの彼はいない。ユーリを圧倒するオーラ的なものが感じられるほどだ。

「レオン様にチャンスが欲しい」

「はっ、僕の目の前で、よくそんなことが言えるね！　話にならない！　一花さん、急ごう。桜さんの一大事なんでしょう？」

「あー。うん」

「桜……一花さんの妹か。最近、たちの悪いところからお金を借りていたな」

「えっ⁉　どうしてそんなこと知ってるの？」

「一花さんの周囲は調べ上げているので」

「こっわ！　やめてよ！　ストーカー！　本気で訴えるわよ⁉」

「タイラーの妨害のせいで家の位置を突き止めるのには時間がかかったけどな」

「ん？　……もしかしてユーリって、そういうのが得意なの？」

「そういうのとは？」

「えーっと、人を探したりとか」

「まあ。ある程度は」

「こないだ、私のおはぎを気に入ってたよね。おはぎ二十個とか、報酬にならない？」

「……いいだろう」

「い、一花さん」

「ごめんね、瑞喜。ユーリも私の実家に連れて行っていい？」

「そ、それはいいですけど……ユーリ、本当に？　どんなに報酬を積まれたって、レオンのためにしか動かない、君が？」

「一花さんのおはぎは俺のグランマの味だからな」

　ふいっと目を逸らしてユーリがそんなことを言った。あらあら、おばあちゃん子だったのね。

　ユーリが助手席に乗り、私と瑞喜はいつも通りに後ろに座った。

「一花さんて前からすごいって思ってましたけど、僕が思っているよりずっとすごいのかも」

　と、瑞喜が興奮気味に言った。

ヴァンパイアの力とは

実家に着くとすぐに向日翔が出迎えてくれた。

「一花姉ちゃん、ごめんな。まだ昨日帰ってきてないってだけなんだけど……。でもメッセージも返信ないし、最後にきたメッセージが『やばいところからお金借りちゃったかも。ぴえん』だったんだ。父さんもまた名古屋に出張してるし……あ、瑞喜くん……とユーリさんも。こんばんは」

「ぴえん……って。とりあえず状況を教えて。腹ごしらえして落ち着こうか。瑞喜、ユーリ、そこに座ってて」

二人を座らせて簡単におにぎりを握った。お腹が空いていては頑張れないからね。私が頼んだからか、ユーリは車中からずっとタブレットを操作している。

「簡単なものでごめんね」

おにぎりを差し出すとクン、と匂いを嗅いだユーリがタブレットから顔をあげた。うーん。下から見上げられると可愛いかも。もしかして眼鏡かけてるのは目つきが悪いのを気にして隠してるのかな。

「いただきます」

塩と海苔《のり》だけのおにぎり。お米だけは炊いておくように向日翔に言っておいた。ぬか床は杉並の方に持って行ってしまってここにはないので、お漬物はなし。置いて行ってもここでは誰も漬けないしね。瑞喜にも同じものを差し出す。

「一花さん、美味しいです」

ぱあ、と広がるこの笑顔。うん、うちの子可愛い。

「ありがと。たんと召し上がれ」

「……」

え。ちょっと、またユーリ、泣いてないか？　眼鏡を上げて腕で目元をゴシゴシしながら頰張って食べてるんだけど。

「向日翔。で、桜ってどうなってんの？」

「桜、賢人さんと別れただろ？　自分からあんなこと言って別れたのにショックだったみたいでさ。そこのユーリさんやレオンさんにも見向きもされなかったようだし、とにかく荒れちゃって。で、短大も休んでばっかりで康子おばさんの店も手伝いに行かなくなって、今に至るって感じ」

「同じ短大に進学して旅行も一緒に行ってた友達のところとか？　えーと、誰だったっけ」

「香奈《かな》ちゃんと朋美《ともみ》ちゃんね。一応連絡とったんだけど知らないって言ってた。だけど、どうも歯切れ悪くて。で、俺の高校の時の後輩の子に聞いたんだけど、どうやら桜、その二人のパシリみたいになってたみたいで」

「え。パシリ？　桜が？」

「桜、見栄っ張りだからさ。あの二人は本物のお嬢様だからつき合うの大変だったみたい。表向きは友達なんて言ってたけど、実は面白がられてただけみたいでさ。学費使い込んだグアム旅行も桜がお金なくて行かないだろうってわかってて誘ったらしい」

「その友達の名前は添島《そえじま》香奈と角田《かどた》朋美か？」

「えっ？　ええ。そうです。どうしてユーリさんが知ってるんですか？」

「……芳野桜と一緒にホストクラブのカモリストに並んで載ってるからな」

「はあ⁉　ホストクラブ⁉」

「裏稼業と繋《つな》がっている悪質な店だ。女子大生を引っ張ってきてツケで遊ばせて、ホスト遊びにはまったら借金を返すために風俗で働かせるか、ＡＶ撮影でもさせるか。まあ、とにかく金を取り立てる」

「さ、桜が、ホスト遊び⁉」

「向日翔くん、連絡とったって言ったよな？　添島と角田は桜さんのこと知らないって？」

「うん。桜が遊びに行ってないかってメッセージで聞いたら、二人とも彼氏のとこじゃないのかって……でも大森さんとは別れてるし」

「ふうん。明細見ると順調に借金の額を増やしていたみたいだから、昨日から帰ってないならやばいな。しかも、添島と角田の借金も全部桜さんに押しつけられてる」

「えっ⁉」

「あくまで予想だけど、借金を肩代わりさせるために二人に誘われたんじゃないか？」

明細が見られるって、お店のコンピューターをハッキングしてるの？　怖いから聞かないけど。それより桜は友達に裏切られたってこと？

「ええー……ど、どうしよう」

「父さんたちに頼もうか。ちょっと権力使ってもらって」

青ざめる私を心配して瑞喜が提案してくれる。権力……。

「え。瑞喜のご両親そんなことできるの？」

「まあ、ヴァンパイアだから」

「確かにアンダーソンの力は強いけど、それよりレオン様の方が早い。もう日本の様々な機関には根回し済みだから。一花さん、レオン様に頼めばきっとすぐに桜さんの居場所がわかるし手も打てる」

「え……」

「まあ、俺みたいに『おはぎ』じゃ釣れないだろうがね」

「うーん……」

ピンポーン。

私が唸《うな》っていると玄関のチャイムが鳴る。このタイミングということは……。

「こんばんは、一花さん。なんだか楽しそうなことをしてるみたいじゃないですか」

玄関に迎えに行くとそこにはレオンが立っていた。

「楽しくはないんですけど、こんばんは」

もうこのキラキライケメンとも会うつもりはなかったのになぁ。はあ。手慣れたもので
レオンは当然のようにうちのリビングに入ってきた。

「一花さん、私にもお茶とおにぎりが出るのですよね？」

部屋を一瞥《いちべつ》して状況を判断したのかレオンが言った。

「へ……」

ヴァンパイアというのは、どうしてこう遠慮がないのだろうか……。おねだりされて仕方なくまたおにぎりを握った。お皿に乗せて出すと、さも高級品のようにそれをレオンが口に入れた。

「……至高の味だな」

イヤイヤ、普通のおにぎりだよ！　あんたたちどんな舌してんのよ！　そして優雅にうちのダイニングで足を組んで座るんじゃない。椅子がギシギシいってるし。

「で、ユーリ、状況は先ほど連絡をもらった通りか？」

「はい」

「一花さん、桜さんのこと、話をつけてもいいですよ。でも私も欲しいものがあります」

「出せるお金はないんだけど……」

「私にお金は必要ないですよ。そうですね、あなたの血、１００ミリリットルでどうですか？　私に50ミリリットル、ユーリに50ミリリットル。そうそう、ユーリにはおはぎ二十個もつくんでしたね。ユーリ、おはぎは半分私に」

クスクスと笑ってレオンが私に提案した。

「レオン！」

レオンの提案に瑞喜が立ち上がる。今にも殴りかかりそうな瑞喜を止める。血で済むならお安い御用だ。

「そんなもので良ければどうぞ。桜がどうにかなる前に助けて欲しい」

「タイラー、直接飲むと言わないだけ譲歩したつもりですよ？　そもそもヴァンパイア同士の血の譲渡なんて珍しくもないのですから」

「……今回だけだ」

私の血のことなのに瑞喜が答えた。散々売ってきたんだもの。血の譲渡くらい平気。処女でなくていいなら、どうぞどうぞって感じ。

「では交渉成立ということで。ユーリ、どこに連絡を取ればいい？」

「リストはこちらに」

ユーリがレオンにタブレットを見せると、レオンがどこかに電話を掛け始めた。

「あの二人って情報通なの？」

「レオンはヴァンパイアの王になりたいって公言してて、行く国々でコネクションを作ってると聞いてます。あの二人は若手のヴァンパイアの中でも別格です」

「ふうん」

まあ、役に立ってくれるなら助かるや。

「一花さん……カッコいいって思う？」

「へっ？　あの二人のこと？　ああいう野心でギラギラした人たち、私、無理」

私の言葉にポカンとする瑞喜。私の役に立ちたくて焦ってるのかな。可愛いなぁ。

「一花さん。今日、借金の返済のために十時から撮影があるらしいですよ。場所は新宿のホテル。ホテル名までは絞れましたが……」

電話を切ったキラキラ王子が私にそう言った。

「部屋がわからないってこと？」

「まあ、そうですね」

「手当たり次第に開けるわけにもいかないなぁ」

「俺たちは無理だけど、一花さんならわかるだろ。桜さんの声を聞きわけたらいいんだから」

当然のことだというようにユーリに言われて首を捻る。

「聞きわけるって……無理だよ、そんな超人的なこと」

「タイラー、一花さんはまだ……？」

「ああ、うん」

「そうなんだ。へえ」

それに反応したレオンが面白そうに私を見た。ああ、私がまだ血を飲んでないことを言っているのか。向日翔がいるから言わないようにしてくれているのね。すぐ忘れるにしたって、姉がヴァンパイアになったなんて聞いたらびっくりするだろうから、そこは秘密でお願いします。

「とにかく桜を助けに行くよ。場所教えてくれる？　レオンもユーリもありがとう。報酬

知らせたぞ」

「一緒に行くに決まってるだろ、一花さん。タイラー、場所はもう八島にデータを送って
の血液は後でね」

「え？　一緒に？」

「いただく報酬の対価としては、ご一緒するのが当然ですね」

眼鏡を押し上げたユーリとにっこりと笑ったレオンが立ち上がった。

「行こう、一花さん」

「あ……待って、俺も行くから！　瑞喜くん、乗せてって！」

私たちの後ろから向日翔が慌ててついてきた。

玄関を開けるとすでに八島さんが待機してくれていた。レオンとユーリは別の車で現地集合にする。

向日翔が助手席に乗ると、運転席側にいつかの仕切りができていた。まさか、新宿に行くまでにイチャイチャするつもりでは⁉　と、身構えると瑞喜が首元を緩めて私に晒《さら》した。うはっ、どこで仕入れてきたのその色気！

「一花さん、桜さんを見つけたいなら飲んでください」

覚悟を決めなきゃね……。瑞喜の首筋に唇を寄せる。リンゴの香りが強くなる。ごくりと私の喉が鳴った。

ぷつり、と肌を破る感触がして私の口の中にリンゴの香りが広がった。

なに、これ……。

うわあぁああっ……。

美味しい、とかじゃない。瑞喜の血を吸い取ってコクンと私の体に入れた瞬間、喉が熱くなった。心臓の脈打つ音が聞こえる。細胞の隅々に今まで欲しかったものが行き渡っていく感覚。指先が震え、パチパチと瞬きするたびに世界が変わっていくように思えた。

「一花さん、もう、それ以上はダメ」

夢中で首に噛りついていた私は瑞喜の手でやんわりと離された。首の噛み痕が塞がっていくのを見て無意識に舌で唇を舐める。彼がじっと私を眺めていた。

「瑞喜の……目が、赤い……」

「え？　僕の目？　一花さんがそう見えているだけじゃない？　……って、一花さんの目が赤い……」

「え？」

「なにか、変わったと感じます？」

「ええと……空気が、ちがう？」

「とりあえず、サングラスかけましょう。ちょっと目が赤いとまずい」

「ま、まずいの？」

「うん……僕も詳しくは知らないんだけど。その話はまたあとで」

「瑞喜様、そろそろ着きます」

八島さんの声がして、車が止まった。

「ここに、桜が?」

新宿のホテルの前に立つ。部屋数が呆《あき》れるくらいある。これを見つけられるって⁉

「あ、向日翔さんも、サングラスかけて。顔がバレない方がいいでしょう?」

サングラスをかけて後部座席から降りた私たちをカモフラージュするように、瑞喜が向日翔にも勧めた。向日翔は何の疑いもなく手渡されたサングラスをかける。

「ありがとう、瑞喜くん」

「いい? 一花さん。まず音に集中して」

「う、うん」

耳に意識を集中する。すると、ぼそぼそと聞こえてきた音が、やがてはっきりと聞き取れるようになった。

「な、に、これ……」

水が流れるような音、誰かが誰かの文句を言う声、食器が重なる音、廊下を歩く音……。

「音が多すぎて……」

「一花さん、桜さんの声とか、話し方とか、思い出して。それを探して。あと、向日翔くんにバレないようにスマホで捜索してるふりをして」

「うん。わかった。桜の……」

鞄《かばん》からスマホを出して手に持つ。それから意識を集中させた。あの生意気で、少し高い、時に甘えたような声……桜の……。

——嫌だってば、やめて……

——撮るなんて、聞いてない……

「聞こえた……」

「どっち？」

「あっち！」

走り出した私に瑞喜と向日翔がついてくる。こっちだ。こっちから聞こえる。

上から降りてくるエレベーターが焦れったい。乗り込んでから、また意識を集中して声をたどって二十三階から一階ずつ確認しながら上がった。

「この階だ」

エレベーターを降りて耳を澄ます。桜の声をたどってその部屋の前に着いた。

「……一花姉ちゃん、なに？　ＧＰＳでもたどってるの？」

「まあ、そんなとこ。ここに桜がいる」

「え、一花姉ちゃん⁉」

ガチャ、

ガチャヤガチャヤガチャ‼

ガチャ、

ガチャガチャガチャ!!

当然ながら、開かないか。うーん、どうしよう。

「一花さん、代わって」

「え？　ああ。うん」

瑞喜がカードキーのところに、何か別のカードを差した。

カチャン。

う、嘘《うそ》でしょ？

「鍵、持ってたの？」

私が聞くと、シーっと瑞喜が人差し指を唇に当ててカードを見せてくれた。え、あれ？　それって、こないだのホームセンターのポイントカード……。ああ、それもヴァンパイアの能力のダミーってこと？　え、どうなってんの？

「回路をショートさせただけ」

ウインクして瑞喜が笑う。カードを差したのは、向日翔に見せるためか。

「見つけたようだな」

「突入します？」

「二人とも、どうしてここが？」

声に振り向くと、そこにはユーリとレオンがいた。

「一花さんの匂いをたどるなんて簡単です」

「とりあえず、突撃！」

ドアを開けると何やら機材が設置されていて、堅気ではなさそうな男たちが五、六人いた。ベッドにはパンイチの二人の男に無理矢理足を開かされた下着姿の桜が、青い顔をして押さえつけられていた。

「誰だ⁉」

「お。お姉ちゃん！　ひーくん！　た、助けて！」

桜が無事だったことにほっとする。それと同時に桜の顔を見たら、嫌な気持ちも戻ってきた。

イケナイ子にはお仕置き

「おいおい、どうやって入った⁉　お前たち誰だ⁉」

「助けてぇ、わーん！」

桜が私と向日翔を確認して顔をくしゃくしゃにした。こういう時は小さい頃を思い出してしまう。転んだ時や悪さをしてどうしようもなくなった時、よくこうやって私たちに助けを求めたっけ。

「……助けようと思ってきたんだけど、桜の顔を見たらどうして助けたかったのかわからなくなった」

「へっ⁉　お姉ちゃん？」

　私はドレッサーの椅子を引き出して、カメラを構えている男の隣に座った。瑞喜が私をエスコートして、その後ろにはレオンとユーリが立った。なんだか女王様の気分。気持ちがいいので足を組んじゃおう。

「ああ。お邪魔して悪いわね。私はその子の姉なんだけど、私も桜にお金を貸しているのよねぇ。あなたがたの回収額はおいくらなの？」

「え、う、うちは全部で百五十万です」

「へえ！　一カ月ほどの間によくもまあ、こんな小娘にそんな大金使わせたわね。私には関係ないからいいけど。桜、あんた私にいくら借りてた？」

「い、一花お姉ちゃん……え？　た、助けてくれないの？」

「私が結婚するっていう彼氏を寝取って、大学のために一生懸命工面したお金を海外旅行で散財した妹を？　冗談でしょ？　体張ってるところを見て、笑いにきたに決まってるじゃない。で、いくら？」

「……な、七十万……」

「うわ。お嬢ちゃん、この姉ちゃんにも借金してんのか？　えげつねぇな」

「月、二万ずつしか返してもらってないから返済額まだたったの四万だけど？　ホスト遊びして百五十万とか、桜の頭は沸いてんのかな？」

「う、うえーん、お姉ちゃぁあん、許してよぉ。お金払って助けてよぉ」

「一回AV出たくらいで百五十万も稼げるの？　無理でしょ。桜、あんたシリーズもの出さないといけないんじゃない？　人気が出ればいいねぇ」

「嫌だ！　いやだよぅ！」

「嫌だって言っても、ねぇ。さ、続けてくださいな」

私がそう言うと、今まであっけに取られていたカメラを持った男が後ろの一番偉そうな男に尋ねた。

「半田さん、なんなんですか？　この人たち。どうします？」

「あのなぁ、この通り、撮影するんだから、出て行ってくれ……って、あ、あんたらもしかしてヴァンパイアか？」

椅子に座る私と三人のヴァンパイアの威圧感を感じたのか、男は真っ青になっていた。三人もいればすぐわかるのかな。どのみち、こんな美系は滅多にお目にかかれないだろう。

「ひーくん！　助けてよぉ！」

私に助けてもらえないと悟った桜は向日翔に矛先をかえた。

「桜、一花姉ちゃんにもまだ返してないのに、借金百五十万ってもう庇い切れないよ」

しかし、すげなく言われる。

「なによぅ！　じゃあ、何しにきたってのよ！　役立たず！」

ピーピー泣きながら桜が悪態をつく。反省という言葉を知らんのかね、うちの妹は。

「お嬢ちゃん、ヴァンパイアに目をつけられるって、なにしたんだ……諦めな。よう、あんたら撮影するから出てってくれ。金の回収なら手伝うから。このままだとうちの男優が縮み上がっちまう」

男は何とか私たちに帰ってもらいたいらしい。まあ、このピリピリした空気はいたたまれないだろう。

「プロなんでしょう？　見学させてくださらない？　そうねぇ、勃《た》たないと困るわね。瑞喜」

「なに？　一花さん」

覗《のぞ》き込む瑞喜をぐいと引き寄せて唇を奪う。見せつけるようにいやらしくクチャクチャと唾液を絡ませる。途端に室内が淫靡《いんび》な雰囲気に変わり、瑞喜と私の匂いが混じって広がった。

「くぅ、う、嘘だろ⁉」

男優二人が前かがみになる。大人しくそこで射精してろ。どうしよう、私、今なら何でもできる気になってしまってる。この部屋にいる男たちと桜の心臓の音で感情を読み取り、あまつさえそれをコントロールできる気までする。

「桜、あんたが散々バカにしていた私に情けない姿を見せるのはどんな気持ちなの？」

「ふえぇ。ほ、本当に、お、おねぇちゃん……なの？」

「甘やかしすぎたのねぇ。さあさあ、３Ｐくらいは軽いでしょ？　なんせ、人の恋人を寝取るのが趣味なんだから」

「え？　……え？」

「私のこと、嘲笑いながらセックスするのは楽しかった？」

「うえっ……お、おねー……おねーちゃん……ごめ、ごめんなさい」

「何をポカンとしているの？　はあ。だらしないなぁ、男優さん。パンツ汚しちゃって。プロなのにねぇ。でも、足を押さえているくらいは、できるよね？」

私を凝視していた桜の両隣の男たちに声をかける。私の体を舐めるように見ながら、前面を濡らしたボクサーパンツは、まだ萎えもせずテントを張っていた。男たちは私の言葉に反応して桜の足を開いたまま左右から押さえた。瑞喜の手を取って立ち上がった私はサイドテーブルに用意してあった大人のおもちゃの隣のボトルを手にした。

たらり。

「お、お姉ちゃん！　なにするの⁉」

「反省しない悪い子には……お仕置きしなきゃ」

「いっ！」

ボトルの液体を、桜の股間に垂らしていく。液体が染み込んで桜のショーツが透ける。

ガチャ。

続いて、銀色の金属の器具を手に取って桜に見せつけた。

「こんなものもあるんだね。これで広げたら膣《ちつ》の中も見られるんだ。悪い子の桜の子宮はどうなってるのかなぁ。いっぱい映像に残してあげるね？　あーでも私、使ったことはないから、桜の子宮、裂けちゃったらごめんねぇ」

「ひ、ひぃいいいいいい！　やめて！　ごめんなさい！　お金も返します！　今までのこと、反省します！　おね、おねえちゃん！」

ちょろちょろ……。

「あれ……あ。桜？」

「うあああん、ごめんだざい～～!!」

桜が失禁しながら小さい子のように泣き出した。ちょっとやりすぎたか。まあ、桜にはいい薬かも。

「向日翔、桜を回収して」

「わ、わかった！」

「さて、お騒がせしました。桜が借りたお金は私が支払います。では、失礼します」

「こら！　まて！　なんなんだ！　お前！　撮影の邪魔しやがって、め、迷惑料も上乗せするからな！　俺たちのバックには組もついてるんだ！　五百万、そうだ、五百万すぐに用意しろ！」

私たちが桜を連れて撤収しようとすると、我に返った男が怒鳴った。しかし、五百万だって？　はっ。ずいぶんなめたことを言ってくれるじゃない。

「引き際が肝心ってこと知ってる？」

「欲張るとろくなことがないってことも覚えておいた方がいいわ。桜がお金を使った店の領収書。見たんだけど、おかしな点ばかりじゃない。今までどれだけの女の子たちを陥れてきたのかなぁ。私は正義の味方じゃないから、桜が助かればそれでいいって思っていたけど、あなたがその気なら容赦しないわよ」

「え？」

「へっ？」

「あなたのボスはバカな部下を持って不幸ね。ユーリ、お店のこと……」

「もう、調べてある。かなり違法なことをやっているな」

「証拠は？」

「もちろん」

「レオン、裏組織の方は黙らせることができる？」

「仰せのままに」

「明日が楽しみね。では、ごきげんよう」

押し黙った男とその後ろでポカンとする撮影隊にひらりと手を振る。瑞喜の手を再び取って、先頭を切って部屋を出た。向日翔が慌てて着替えさせた桜を支える。

「一花さん、かっこよかった……」

瑞喜の呟《つぶや》きで、ふ、と意識が途絶えた。

＊＊＊

次の日には、悪質な違法行為を繰り返したホストクラブが摘発された。すごい、仕事が早い。流れるニュースを見ながら目を擦っていると、瑞喜がコーヒーをいれてくれた。

「あ、桜の借金払うんだっけか。おはぎ作らなきゃ。あと血も」

「お金なんか必要ないでしょ。レオンに任せておけばいいよ」

「でも……」

「一花さんの血がもらえるなら、ビル一つくらい軽く差し出しますよ。一花さん、自分の血の価値わかってる？　僕たちにとって、たとえそれが誰かの伴侶であってもパーフェクトフレグランスは特別なんですからね」

「そうなの？　でも前に瑞喜が、他の匂いがつくのが嫌だから血の提供者は処女指定って言ってたじゃない？」

「それは相手が一般人で、ヴァンパイアみたいに匂いに気をつけて生きていないからでしょ？　しかも、僕たちは混ざり合うほどいい匂いなんです」

「ふうん。あ、私の目の色、戻った？」

「ええ。昨日、目覚めたばかりの力をフル稼働したから、一花さんは倒れてしまったんでしょうね」

「瑞喜はともかく、どうして私まで目が赤くなったのかな」

「一花さんは、僕がレオンみたいにヴァンパイアの王になるとか言い出したら、嫌ですよね？」

「うん」

「じゃあ、目が赤くなったのは秘密です」

「ど、どうして？」

「力のあるヴァンパイアは瞳の色が赤なんです。レオンは赤いでしょう？　王になる資質があるってことです。よくわからないけど、僕の場合、血を飲んだ一花さんに反応して瞳が赤くなってしまった……」

「王になる資質？」

　そこで、私は昨日、自分がやらかした行動を思い出した。

「ちょ、待って。昨日の、あんな女王様みたいなの、私じゃない！」

やたら自信満々で、そうそうたるヴァンパイアたちを下僕のように扱ってしまった！

「サングラスしてたし、バレてないと思うんだけど」

「瑞喜の血を飲んだだけで私も目が赤くなったってことは……もしかして、瑞喜はレオンよりも格上の可能性があるの？」

「わからないけど、レオンやユーリが素直に一花さんに従ったから、可能性はあるかも」

「でも、でも、瑞喜の目の色、戻ったんだ……よ……」

「これ以上は戻らないみたい」

瑞喜の目の色がすみれ色に変わっている。綺麗だ。綺麗だけどもさ！

「あ、赤くはない」

「うん。赤くはないから。きっと大丈夫です。セーフってことで」

「……セーフってことでいいね」

二人でにっこり笑って手を重ねた。だって、赤くないもん！　大丈夫！

「ん？」

「どうしたの、一花さん」

「あれ？」

「あ……」

――カズくん、ダメだってぇ……ん、もう。まってぇ。

――そんなこと言ってゆいちゃん、大洪水じゃん……今日届いたの、どう？　明日は入れたまんま、生活してみようか。

ウイィン、ウイィン……。

――や、あん。かき混ぜないでぇ、ああん♡　ええ？　もう一個入れちゃうの？

――入れたまま、奥突いて、あげようか？

――好き、すきぃ♡　ああん♡

「なに、……これ」

「あー……一花さん、下の階の二人はいつもこんな感じで……」

「まさか、瑞喜が洗濯機ばかり回して、その後発情してきたのは……」

「毎回あてられちゃってごめんね」

え、ちょ、もうすでに瑞喜がのしかかってきてるんだけど！

ああーっ!!

赤眼のヴァンパイア

「ごめんなさい。お金はちゃんと康子おばさんのところで働いて返します。今後は、月五万円ずつ返します」

自宅で遅いお昼を食べ終わったところに、桜が向日翔と一緒にやってきた。桜がこんなに憔悴《しょうすい》しきっているのを初めて見た。お土産はみたらし団子だった。

「香奈と朋美に裏切られて、ヤクザみたいな人にお金返せってホテルに連れていかれて心底怖かった。あの二人とはもう絶交する」

「それがいいよ」

まあ、桜は絶交くらいで済ませてあげるんだろうけど、私はあの二人を許さない。桜に借金押しつけて散々遊んで、何も知りませんじゃ済まないからね。聞くとこれまでも桜のことをいいように扱っていたようだ。今回の件も自分たちが犯罪に加担した意識はないみたいだった。もしも桜があのまま闇に落ちていたらと考えると、許せるようなものじゃない。ちょーっとユーリに証拠の書類をいじってもらったから、あの店に加担したことになって罪に問われるだろう。罪にならなかったとしても、その悪評は自分たちの父親の会社に大打撃を与えるはずだ。このくらいの報復は許されるはず。

「……一番怖かったのは一花お姉ちゃんだけど。……とにかく反省したし、もうこんなバカなことはしない」

「あのさ、桜。私もお父さんも向日翔もさ、桜にお母さんの面影を求めすぎてたんだ。ごめんんね。桜は桜なのに受け止めてあげられなかった。いじめに遭ってた時に早く手を差し伸べてあげれなかったことは今でも後悔してる。けど、本当は桜を守るだけじゃなくて、もっと桜と向き合って桜の悪いところもちゃんと窘《たしな》めてあげないといけなかった。それは三人とも反省する。これからは悪いことしたらバンバンお仕置きするから」

「……ちょ、一花姉ちゃん、桜が怯《おび》えるからお仕置き話はそのくらいにしてあげて。俺も昨日ほど一花姉ちゃんが怖かったことはない」

「……お姉ちゃん、ごめんなさい。香奈と朋美が羨ましくて、悔しくてやめられなかった。前の彼氏の時はちょっと意地悪したかっただけだけど、賢人さんは香奈と朋美に自慢できるって思って利用した。お姉ちゃんのことも、いつだって何しても許してくれるって調子に乗ってた」

そこに、小学生の時の桜がいた。ちょっと性格が悪いけど、素直って言えば素直な桜。

母が存命の頃はげんこつ入れて叱っていたのに……。

「反省してるなら今回は許してあげるよ。でもこれからは性格が悪いのも自覚しようね」

「痛いっ……！」

桜の頭に思い切りげんこつを落とした。それからゆっくりと手を広げると、桜が私の腕の中に潜り込んでくる。そのまま手が私の背中に回った。

うわあああああん。

大泣きする桜を抱きしめる。向日翔が困った顔で桜の頭を撫《な》でた。向日翔と目が合うとお互い苦笑した。大泣きして、反省して、でも二、三日で反省なんかケロっと忘れるのが桜なのだ。なのに、ほんと憎めないんだから仕方ない。きっと友達だった二人が羨ましくて仕方なかったに違いない。お金持ちの子を真似できるわけもなく、溜《た》まった鬱憤を私で晴らしてたんだろう。もう小さな子供じゃないんだからサンドバッグになってあげるつもりはないけどね。

そうして向日翔と桜が帰っていき、さて、二人で瑞喜のすみれ色になった目の色をどうやって誤魔化すかと悩んでいると、また部屋のチャイムが鳴った。

「誰だろう」

インターフォンを見ると、まさかの瑞喜の両親だった。

「タイラー！　新居祝いよ～。へえ、自分たちの好きなものを集めた部屋ね、秘密基地みたい！　素敵！　私もマクミランと小さな家に住もうかしら！」

「いいね、マイハニー、場所はどこにする？」

瑞喜の両親はラブラブだなぁ。そう思って見つめていると茜さんが瑞喜を見てフムフムといった感じで納得している。

「ああ、とうとう、タイラーの目は赤くなっちゃったのね」

「え。母さん、わかるの？」

「うん。だって、タイラーの瞳の色がすみれ色になってる。一度赤くなるとね……瞳の色が混じってしまうのよね」

「ふうむ。タイラー、父さんの指を見て集中してごらん」

マクミランさんが瑞喜の眉間に指を持っていくのを瑞喜がじっと見つめる。よ、寄り目になってる。

あっ。

「瑞喜！　青に戻った！」

「え、本当!?」

「ふふ。お父さん、すごいでしょ。でも力を一気に使ったり興奮すると赤に戻っちゃうと思うから気をつけてね」

「あ、あの、赤い目ってどういうことなんですか？」

「それは私が説明しよう。ヴァンパイアは能力主義なんだけど、その力が強いと瞳の色が赤いんだよ。そして、赤い瞳の者だけがヴァンパイアの王になる資格があると言われている」

「あの、そのヴァンパイアの王って……」

「まあ、簡単に言えば頂点に立つものってこと。すべてのヴァンパイアを支配することもできる存在。と言っても、この平和な現代にはあまり関係はないと思うけどね。昔はヴァンパイアの中でも危険な思想の者がいる時期があったから、圧倒的な力が必要だったんだけど」

「危険な思想?」

「例えば、赤い目をしていないヴァンパイアはクズだ、とかいう『赤眼最上主義』であったり、ヴァンパイア以外は家畜みたいなものだって言う『ヴァンパイア至上主義』だったり。古い思想だよ」

「……へえ」

「支配したって結局は共存していかないとお互い生きていけない。それに気づいて今があるんだ。ま、でも『王』っていう存在に憧れて育つヴァンパイアもいて、赤い目に生まれたのなら頂点を目指す! っていうヴァンパイアもいる。そう、レオンがそうだね」

「ほかにも赤い目のヴァンパイアがいるんだ……」

「タイラーにその気がないなら、赤い目になったことは隠した方がいい。今は数百年に一回、ヴァンパイアの王を決める催しがあってね。それに参加させられちゃうから」

「うわ。隠さなきゃ！　もしかして、マクミランさんも……」

「そうなんだ。実は私も赤い目のヴァンパイア。一花ちゃん、秘密だよ」

そう言ってウインクするマクミランさんにドキッとする。瑞喜と同じ青い目だ。

「う、は、はい」

「そろそろ栄養が行き渡って赤くなる気がしてたのよ～」

「あ、あの……茜さん、前に言っていた瑞喜の目がって」

「ああ、あれね。瑞喜の能力上がったら、逃げられなくなるって言ったこと？　一花ちゃんも『赤い目』になったのなら、わかるでしょ？　耳とか目とかの感覚が半端ないでしょ？」

「……瑞喜の血を飲んでから、周りの音がやけに聞こえてくるんですけど」

「結構、影響残ってるのね。じゃあそれが普通になっちゃうね」

「えっ。瑞喜の血を飲まなければ、もとに戻るんですよね？」

「だって一花ちゃん、一度タイラーの血の味を知ってしまって飲まないって選択肢ある？」

茜さんにそう言われて、私は瑞喜の首を見た。あの、魅力的な血の味を忘れることができる？

「……ない」

「でしょ!?」

「ってことは……この鋭い感覚のままこれから先、生きていくってことで……」

それって、例えば、下の階で頻繁に起きる、めくるめく情事を毎回盗み聞きしてしまうようなこと……。

「わー!!」

なんてこと！　ギャー！

その後、おしゃべりをして帰っていった瑞喜の両親が都内に住居を探していると聞いた。

＊　＊　＊

それからも下の階のカップルが性を追求して楽しむ声が絶えないせいで、私は毎回野獣になる瑞喜を止められなかった。

「う、うそ……瑞喜、ダメ……」

「聞こえてるでしょ？　一花さん、今日はあの人たちハメ撮り楽しんでる……僕たちもする？」

「し、しないぃ……」

「じゃあ、先日の真似っこして、ベランダでしよ？」

「え、や、だって、見られちゃう……」

「一花さんが声を我慢したら、大丈夫」

「はううっん、ダメだってぇ」

「ほら、外で歩いている人にバレちゃうよ？」

「ん、んんーっ!!」

洗濯ものを干していると、下の住人の情事に当てられた瑞喜が私にいたずらを始めた。Tシャツの裾から入った手が、ブラを押し上げて胸の先を摘まむ。きゅっと軽くねじられると思わず声がでてしまう。

「ふああんっ」

「声我慢できない？　僕の指を噛んでいいよ？」

口の中に入ってきた瑞喜の指をハムハム噛みながら、時折、舌でペロペロと舐める。

「くっ」と彼のこらえた声が聞こえる。そのまま、片手で器用にジーンズのジッパーを下ろされて、長い指がショーツの上から敏感な突起を執拗《しつよう》に刺激する。瑞喜の指をしゃぶるしかない私はベランダの手すりから手が離せない。

「興奮してるね……濡れてきてる。可愛い。一花さん」

覆いかぶさってきた瑞喜が、私の耳元でそう囁《ささや》いて耳をかじってくると、いっそう自分の中心から蜜が零れてくるのがわかって恥ずかしい。

「挿入《い》れていい？」

ショーツをずらした瑞喜が私に聞くけど、すでに熱い塊が私の入り口を刺激していた。必死で声をこらえながら頭を縦に振ると、待ってましたと言わんばかりに性急に瑞喜が私の中に入ってきた。

「んんんっ！」

「っはあ……ほら、あっちから人がくるよ」

「！」

「一花さんのいやらしい顔、見られちゃうかな？」

くちっ、と音がして、腰を引いた瑞喜が先端ギリギリまで引き抜いて、また一気に中を突き立てた。

「はうっ」

二階にあるベランダを見上げる人は少ないとわかっていても、顔しか見えないとわかっていても、こんなことを外でしているという背徳感でいっぱいである。恥ずかしくて死にそうなのに、瑞喜にもっと奥を刺激して欲しくてたまらない。

「気づいちゃうかな？」

「やっ……」

「やめる？」

「……ダメっ」

私の声に反応した瑞喜の動きが激しくなる。私の中を暴れまわった彼は中で爆ぜると私を部屋の中に引っぱっていって、そのままベッドへ直行した。

まあ、その後はお察しで……。

野獣にいただかれました。

そうこうしているうちに、最終的に麻布のマンションに戻ることになった。毎回あてられた瑞喜につき合うのはちょっと大変なのである。半年ほどで引っ越していく私たちを杉並のみんなは名残惜しむように見送ってくれた。

瑞喜のマンションに戻った私はそこでも驚愕《きょうがく》の事実を知る。何と彼は最上階とその真下の階の部屋をすべて買い取っていたのだ。下の階には警備の人が住んでいるらしい。そうして杉並で揃《そろ》えた荷物は空いていた部屋にそのまま収まった。なんか、ちょっとスペースが空いてるけど、まあ気にしない。カーテン越しに見える景色が豪華だけど、もう気にしない。

「……ここはとっても静かだったんだね」

「雑音、結構気になりますからね」

金持ちめ。

「でも、結構楽しかったですよね、杉並の生活。いろんなことも覚えられたし」

覚えなくていいことだった気もするけど。ラブグッズ、どんだけ増えたと思ってんのよ。爽やかそうに笑っても、もう騙されないぞ。

「あ、そういえば、レオンがそろそろ一花さんの血をもらいたいって言ってました」

「あっそ。なんだかんだ言って、あの二人毎週遊びにきてるじゃない」

「注射器持ってくるのかもしれません」

「こないだ持ってきてくれた、アーモンドミルクのアイスクリーム、また持ってきてもらおうっと」

「一花さん、気に入ったなら僕が買ってきますよ？」

「それなら一緒に食べに行きたい。瑞喜も私があーんしてあげたら、食べるでしょ？」

「うん！　食べる」

——一花さん、実はアンダーソン家に伝わる秘密の話があるの。本当に力のあるヴァンパイアは自分の目の色さえ操ることができるのね。マクミランみたいに。そして、そんなヴァンパイアの中でも伝説になっている最強のヴァンパイアは生き残ることが難しい幼少期を何とか生き抜いて、パーフェクトフレグランスを手に入れた特別なヴァンパイアだと伝えられてる。これは親の欲目でもなんでもなくって……もしかしたらタイラーはそうなのかも……平穏に暮らしたかったら、頑張って隠してね！

こっそり茜さんに教えられた言葉。はあ。そんな情報いらない。


でも、桜を救いに行った時、レオンとユーリが従順に私の言うことを聞いたのが、ちょっと引っかかっていた。瑞喜は単純に私の魅力だと思っていたみたいだけれど、瑞喜の血を受け入れただけで、あれだけの大物ヴァンパイアを二人も従わせることができる影響力があったのではないかと思う。

もしかしたら、もしかして、瑞喜は最強の力を持って生まれたヴァンパイアなのかもしれない。

——赤い目になったことは、平穏な生活のために、絶対隠しておこう！

人生はコツコツ、地味に小さな幸せを積み重ねるのがいいのだからね！

若草色のソファに並んで座りながら、隣にいる瑞喜を盗み見る。テレビのスクリーンに映る最近流行りの恋愛ドラマを一生懸命に見ている横顔にうっとりしてしまう。どうしてこんなにいい男に育っちゃったかな。あーもう、ダメ。認める。好き。

「一花さん、ヒロインが選ぶのはどっちの人かな？　幼馴染《おさななじみ》もいいんだけど、こっちの職場の人もなかなか……」

「うーん、こっち？」

人差し指を瑞喜の唇に当てて、私はにっこり笑った。

「えっ」

「……私は瑞喜がいいの。好きだよ、瑞喜」

「い、一花さん……!!」

ガバリと瑞喜が私に覆いかぶさってきて、そのまま口づけをした。

「愛してるよ」

そう告げると、とろける笑顔をみせた恋人に、私は幸せを噛みしめていた。

番外編

「うーん……」

「どうしたの？　瑞喜」

先ほど電話がかかってきてから瑞喜が唸《うな》っている。心配になって近づくと私の肩に頭をのせてきた。もう、かわいいったら……。

「ユーリからの電話だったんだけど、来月一花さんの血液をもらいに行くって」

「そう。桜の件のお礼だね。おはぎも作っておかないと。てか、すぐにくれって言うと思ってたのに」

「それは、僕が普段は飲んじゃってるの知ってるからでしょ」

「あ……そうか。ん？　私の血でなんか力が覚醒とかあるんだっけ？」

「父に相談したら直接飲むわけじゃないから大丈夫だって。それに桜さんを救うときに僕が赤眼になったのは、一花さんが僕の血を飲んだからだろうって」

「それってどういうこと？」

「女性のヴァンパイアは体を作り変えられるから不安定なんだよ。だから身を守るために男性のヴァンパイアを従える能力があるんだって。だから、一花さんは無意識に桜さんを助けるために僕の覚醒を促したんじゃないかな」

「強くなった瑞喜が私を助けるって思ったってこと？」

「ふふふ。僕は一花さんの血を飲んでいた状態だし……それにヒーローだからね。まあ、だから、他の男《ヴァンパイア》の血を飲んじゃダメだからね」

「そんな危機的状況になるとは思えないよ。それに、瑞喜が助けてくれるもん」

ちゅっと額にキスをすると瑞喜の機嫌がちょっと良くなった。

「一花さんの血液がものすごくいい匂いなのは変わりないし……その、僕と混じるともっといいんだよね」

「ふ、ふうん」

「そんなのを飲んだら、あの二人がますます執着してくるかも」

「え？」

「元々、レオンたちは一花さんの血をあんなに探していたんだよ？」

「そ、そっか……もっとくれとか言われたらやだな」

「ふう……来月までは、混ざらないようにしようか」

「うん？」

「仕方ないけれど、一カ月だけだから」

そうしてお互いの血を飲むことを禁止にして……おまけに禁欲生活することになった。

＊＊＊

「おい、ここんところずっと上の空だけど大丈夫か？　プライベートでなんかあった？」

会社で葛城にそんな指摘をされる。ヴァンパイアになってから仕事はイージーモードなので、ちょっと浮ついていてもちゃんとこなせていた。

しかも商品もヒット続きだし……。

「せんぱい、私になんでも話してくださいね！」

ワクワクしている恵恋奈ちゃんが食いついてくる。話なんかしたら全部筒抜けになるだろう。誰が言うか。

「……なんでもない」

本当は禁欲生活が思ったより辛いだけだ。

だってさ、瑞喜ったらキスも禁止にするんだもん。

我慢できなくなるからって理由はかわいいけどさ。確かにキスしちゃったら気持ちよくなって我慢できないもんなぁ……。

ああ。ずっと処女こじらせてきたから一カ月くらい楽勝だと思ってたのに。やっぱり知ってしまっているってのは違うんだなぁ。気持ちいいのはもちろんのこと、なんかさ、愛し合って心を満たしていたんだって再確認したのよね。

だめだ、瑞喜を見たらムラムラしちゃう。だってあの首筋とか超セクシーなんだもの。

しかし、我慢していたのは私だけではないようで……。

「今日は『金曜日の十三日と六日』にしよう」

私と瑞喜はホラー映画を見まくって一カ月耐えた。


「いらっしゃい」

「え？　ああ。お邪魔します……」

次の月にやってきたレオンとユーリを出迎えた私は笑顔だった。多分、こんなにこの二人を大歓迎したのは初めてに違いない。

「いつも邪険にするのに、どういう心境なんだ」

訝《いぶか》しそうにユーリが言うが、スルーした。早く血を抜いて帰ってくれ。

「はい！　おはぎも詰めといたから！」

おはぎはすでに箱に詰めて用意していた。

私はテーブルに座るとさっさと左腕をまくって準備万端。

さあ、やってくれ！　さあ、さあ！

「なんだか積極的だね、一花さん」

たじろきながらもレオンが管のついた注射器を出した。相変わらず王子様のようだ。

「すぐに終わらせたいの」

「私はもっと一花さんと仲良くしたいのだけど」

レオンがにっこり笑うけど、なんか裏がありそうで胡散臭《うさん》い。

そんな私の態度にユーリが面白くなさそうにしていた。

早く帰ってくれないと霊媒師に頼んで口から霊を吐き出させて、小さな人形にチェンソー持たせて暴れ回るぞ……って、ダメだ。ホラー映画に脳が侵されている。

しかし、医療行為はユーリがやるかと思っていたからちょっと意外だった。

「レオンがするんだ」

「ユーリは医師免許はもってないんだ」

上腕にチューブを巻いてからレオンが私の腕を脱脂綿で消毒するのを見ていた。

「直接飲ませてくれたら注射器なんていらないんだけどね」

「レオン……」

レオンの言葉に瑞喜が抗議するように低い声を出した。

プツリと針が私の血管を刺して、しばらくして血液がパックに流れていった。

「はあ……もうすでにいい匂いです」

酔ったようにレオンがポツリと言った。チョコレートのような香りが部屋に充満すると、男たちがうっとりし始めた。

ま、窓を開けた方がいいんじゃないかな……。

「一花さんは……私を好きになってくれないのかな」

私を蕩《とろ》けるように見たレオンがそんなことを言い出す。え、ちょっと……。

助けを求めるように瑞喜を見ると、そちらも私を熱い目で見ていた。

「ああもう、可愛いなぁ……食べちゃいたい」

あれ、瑞喜も正気じゃないかも……。こりゃ、ユーリに窓を開けてもらって、と思うとユーリも私を見ながら目を細めてうっとりしていた。

「俺と試してみないか？」

こわっ。

そうして三人が私に徐々に近づいてくる。

私は腕から血を抜いているので動けない。それをいいことにレオンは私の右手に自分の手を重ねてくるし、瑞喜は頬を撫《な》でてくる。ユーリに至っては後ろから私のうなじを撫でた。

これって、三人とも私の血の匂いに酔ってないか？

このままだと非常にまずい気がする。なんとか三人を正気に戻さないと……。

でも、どうやって？　三人のスキンシップが激しくなって焦った私は声を上げた。

「す、ストップ！」

正直そんなことで、止まるとは思っていなかったのに、三人の動きはピタッと止まった。

お、おおう……。

「ユーリ、ベランダに繋《つな》がる窓を全部開けてきて」

私が頼むとユーリがすぐに窓の方へ向かった。

「私の血の匂いに酔ったことはすぐに忘れること」

ユーリが窓を開ける前に私は三人に念を押した。サア、と部屋の中に風が通り抜けて、血の匂いが薄れると三人が目をパチパチと瞬きした。

そして違和感を振り払うように首を動かしていた。

「あれ……まあ、いいか。採血おわりました」

我に返ったレオンがそう言って血の溜《た》まったパックを満足そうに確認してから針を抜いた。脱脂綿で押さえているとユーリがおはぎの箱を確認していた。

「では、レオン様、今日はこれで失礼しましょう」

「ええ。飲むのが楽しみです」

よほど早く私の血を飲みたいのか二人はおはぎと血を持って帰って行った。

なんだか怪しい雰囲気になったのは覚えていないようでホッとした。何も見なかったし、何も起こらなかったからセーフである。

「慌てて帰っちゃいましたね」

ホッとした顔の瑞喜と静かになった部屋で顔を見合わせた。

「早速、キスしていいですか？」

言いながらもう瑞喜の顔は目の前にあった。当然するに決まってる。

ちゅっと軽く唇を合わせてから次は舌を絡ませる。

「ん……」

はあ、と吐息をつきながらお互いの舌を絡めた。

バン……。

「タイラー、机の上に……おっと失礼」

ドアが開いてキスを交わしているのをばっちりレオンに見られてしまった。

レオンは私たちを面白そうに見ながら机の上に忘れていた予備の針をとった。

「では……また今度お会いしましょう」

ニヤニヤするレオンがドアを出たのを確認して、すぐに鍵をロックした。

戻ってくるなんて思わないし！

「寝室に行って、鍵をかけましょう」

さっとお姫様抱っこして瑞喜が私を運んだ。

「邪魔が入ったら困るものね」

「禁欲は思っていたより堪えました」

「……実は私も」

「一花さん！」

それからはお互いの服を剝ぎ取るようにして裸になった。

「瑞喜……瑞喜……ちょーだい」

私はそう言って瑞喜の首筋に齧りつく。

もう我慢なんて出来なかった。プツリと肌を破りリンゴのような爽やかな香りが私の頭をおかしくさせる。

「瑞喜も……飲んで……」

「でも、一花さんはさっき血を抜いたから……」

「瑞喜の血を飲んだから大丈夫……。ね、飲んでほしいの。瑞喜、お願い」

少しためらってから瑞喜が私の首筋に齧《かじ》りつく。

「はあああああつ……」

瑞喜に血を吸われて、体が震える。

例えようのない快感が体を突き抜けて、この上なく気持ちいい。

「ああ、愛してる……ハア、ハア……瑞喜……」

「繋がるよ、一花さん……ぐうっ」

「ふああああっ」

瑞喜が私に入り込んできて、気持ちがさらに高ぶる。

「一花さん……愛してる……ハアッ」

繋がったまま、瑞喜と唇を合わせる。

愛してる。

全てを喰《く》らいつくすほどに、あなたが欲しい。

二人の匂いが交じり合っていく。

「もっと……奥まできて……瑞喜……」

「一花さんっ」

私の願いを聞いて瑞喜がズン、と最奥に到達する。快感に目から火花がでそうだ。

ギュッと瑞喜に抱き着いて互いを貪り合う。

足りなかった何かを二人で補うように、時に奪い合うように、そして……混じっていく。

「ハア、ハア、ハア……ハアンッ」

私の中を暴れ回りながら瑞喜が乳首に歯を立てる。もうどんな刺激も快楽でしかない。

「もっと、もっとっ！」

より強い刺激を求めて瑞喜を煽《あお》り、その激しさに体を揺らした。何度絶頂に達したかわからないくらい私たちは行為に没頭した。

それはまるで本能だけのような交わりだった。

「もう誰かに血液を渡すのは断ろう……」

ボソリと私が言うと瑞喜も静かに頷《うなず》いてくれた。

そうして、後になって私の血を飲んだレオンとユーリからは『大変美味だった』とだけ感想をもらった。どうやら私と瑞喜の努力は実を結んだ。

心配していた力の発現もまあちょっといつもよりは、というくらいで済んだらしい。

レオンは瑞喜と匂いが混ざったものも興味があると言ったようだが、それには完全スルーした。

私たちの混じりあったフレグランスは最高で最強に違いない。
けれどそれを誰かと分かち合いたいとは思わない。
それを知るのは私と瑞喜だけでいいのだ。

あなたがいて幸せ。

ただそう思えることに日々感謝している。
私のヒーローは瑞喜ただ一人なのである。

あとがき

初めましての皆様、WEBで読んでくださっていた皆様、このたびは『東京ヴァンパイア狂詩曲《ラプソディ》　芳香の乙女は腹ぺこ吸血鬼の胃袋と愛を満たす⁉』を手に取っていただき、ありがとうございます。ありがたいことに書籍にしていただくことができました。

このお話は大好きなヴァンパイアという要素を取り入れて、楽しく書いた作品です。現代にこんなセレブがいたら面白いだろうなぁ、なんて妄想しながら仕上げました。

一花は苦労性でお人好しです。家族の中で『母親役』を演じて育った彼女は、自分のことを後回しにしてしまうことが当たり前になっています。そんな彼女を大切に愛してあげられるヒーローが現れないかなぁ、と思って出てきたのが瑞喜でした。やっぱり、ヒーローはイケメンでないといけません（笑）

甘えられると弱い一花にうまい具合に取り入ってくる瑞喜。しかし彼の思い通りにならないのが一花。二人のそんな恋模様なんかを楽しんでもらえたら嬉しいです。

書籍ではＷＥＢで書けなかった、レオンとユーリに一花の血液を渡すエピソードを書かせていただきました。

なんだかんだ結局は一花と瑞喜がイチャイチャしてしまいました（笑）が、ずっと書きたいと思っていたエピソードだったので書かせてもらってよかったです。

読後はハッピーになっていただけたらいいな。


最後に書籍化に関わってくださった皆様に、素敵な一冊に仕上がったことを心より感謝いたします。

艶感たっぷりの可愛いイラストで盛り上げてくださったｎｅｃｏ様、ありがとうございます。（二人がとっても可愛い！）

これからもＷＥＢの場をお借りしつつ、執筆していきたいと思っていますので、応援していただけると嬉しいです。いつも感謝しております。読者さま、大好きです。

竹輪

ムーンドロップ作品コミカライズ版！

孤立無援OLが憧れの部長の花嫁に
ここは、私の願いが叶う世界
――部長、夢の中だとエロすぎます

コミックス 上・下巻
絶賛発売中！

異世界で愛され姫になったら現実が変わりはじめました。

澤村鞠子［漫画］／兎山もなか［原作］

〈あらすじ〉
真面目で負けず嫌いな性格ゆえに、会社で孤立している黒江奈ノ花。そんな彼女の心の支えは、隣の部の部長・和久蓮司の存在。ある日、先輩社員の嫌がらせで残業になった奈ノ花は、癒しを求めて和久のコートを抱きしめている現場を本人に見られる！　その夜、恥ずかしさと後悔で泣きながら眠りに落ちると、なぜか裸の和久に迫られる夢を見てしまい…!?　夢の中で奈ノ花は、和久そっくりなノズワルド王国の次期王・グレンの婚約者になっていた！　しかも、城で働く人々まで会社と同じ顔ぶれで…!?

〈原作小説〉絶賛発売中！

恋愛天国《パラダイス》

オトナ女子に癒しのひとときを♪

胸きゅんWEBコミックマガジン!!

電子書店にてお求めください。

絶賛連載中！「少年魔王と夜の魔王 嫁き遅れ皇女は二人の夫を全力で愛す」〈漫画：小澤奈央／原作：御影りさ〉

蜜夢文庫　最新刊！

極道若頭の恋契り

極上愛撫にとろキュンが止まりません！

月乃ひかり〔著〕／天路ゆうつづ〔イラスト〕

愛してはいけない人なのに…

お前のサクラをもっと濡らしたい

表の顔はIT企業CEO、裏の顔は極道の若頭×
姉の忘れ形見を一人で育てるウブな保育士

「俺以外、何も考えられないようにしてやろうか？」。保育士の六花は、亡くなった姉の娘・陽菜を育てている。陽菜の父親は誰か分からず、手掛かりは遺された一枚の写真だけ。冬の夜、六花と陽菜は、遭難しかけたところを保育園の父兄でIT企業のCEO・篁龍雅に助けられる。ずっと龍雅に惹かれていた六花は一線を越え、情熱的なエッチに蕩かされるが、彼には驚くべき別の顔があって……。

本書は、電子書籍レーベル「らぶドロップス」より発売された電子書籍『東京ヴァンパイアラプソディ　芳香の乙女は腹ぺこ吸血鬼の胃袋と愛を満たす!?』を元に、加筆・修正したものです。

★著者・イラストレーターへのファンレターやプレゼントにつきまして★
著者・イラストレーターへのファンレターやプレゼントは、下記の住所にお送りください。いただいたお手紙やプレゼントは、できるだけ早く著作者にお送りしておりますが、状況によって時間が掛かる場合があります。生ものや賞味期限の短い食べ物をご送付いただきますと著者様にお届けできない場合がございますので、何卒ご理解ください。
送り先
〒160-0004　東京都新宿区四谷 3-14-1　UUR 四谷三丁目ビル２階
（株）パブリッシングリンク　蜜夢文庫 編集部
○○（著者・イラストレーターのお名前）様

東京ヴァンパイア狂詩曲《ラプソディ》
芳香の乙女は腹ぺこ吸血鬼の胃袋と愛を満たす!?

２０２３年３月２９日　初版第一刷発行

著……………………………………………………………… 竹輪
画……………………………………………………………… ｎｅｃｏ
編集…………………………… 株式会社パブリッシングリンク
ブックデザイン……………………………………… おおの蛍
（ムシカゴグラフィクス）
本文ＤＴＰ………………………………………………… ＩＤＲ

発行人……………………………………………………… 後藤明信
発行………………………………………………… 株式会社竹書房
〒102-0075　東京都千代田区三番町８－１
三番町東急ビル６Ｆ
email：info@takeshobo.co.jp
http://www.takeshobo.co.jp
印刷・製本………………………………… 中央精版印刷株式会社

■本書掲載の写真、イラスト、記事の無断転載を禁じます。
■落丁・乱丁があった場合は、furyo@takeshobo.co.jp までメールにてお問い合わせください
■本書は品質保持のため、予告なく変更や訂正を加える場合があります。
■定価はカバーに表示してあります。
© Chikuwa 2023
Printed in JAPAN

TAKE
SHOBO